KB007819

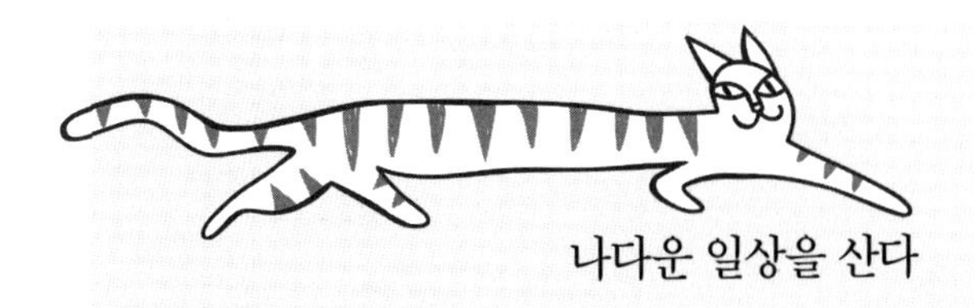

나다운 일상을 산다

나다운 일상을 산다

소노 아야코 지음 오유리 옮김

책읽는고양이

시작하는 글 _ 나이듦과 죽음에 대한 자연스러운 통찰

나의 남편 미우라 슈몽은 2015년 봄 무렵부터 여러 신체적 기능 장애를 보였다. 소화에는 딱히 문제가 없었고, 암 같은 심각한 질환은 아니었다. 고혈압, 당뇨도 없었다. 나와는 달리 먼 길도 곧잘 걷는 사람이었다. 그런데 그 무렵부터 이따금씩 쓰러졌다. 그때마다 머리를 부딪쳐 혹이 나거나 얼굴에 멍이 들곤 했다. 그것도 처음 한동안은 "이 멍이요? 집사람이 때렸어요." 하고 농담할 정도로 본인도 대수롭지 않게 여겼는데 그런 일이 자꾸 반복되면서 점차 말이 없어졌다. TV를 보다가 날카롭게 꼬집는 성향은 여전했지만, 그 외 말수가 급격히 줄어든 것은 치매 초기 증상이었으리라 짐작한다.

2015년 가을, 어디가 안 좋은지 검사를 받으러 입원했을 때였다. 짧은 기간이었지만, 남편의 인지 기능이 시시각각 떨어지고 있음을 느낄 수 있었다. 정말이지 무서우리 만치 빠른 속도로. 병원에서야 친절히 배려해주었지만, 나는 서둘러 남편을 집으로 데려왔다.

집에 도착했을 때 남편이 기뻐하던 모습이란…. 한 번은 "나는 행복해. 익숙한 내 집에서 책들에 둘러싸여 가끔 정원을 바라보며, 밭에 심은 피망이랑 가지가 커가는 것도 보고 말이야, 이건 정말 고마운 일이야."라고 하길래, "세상살이 어떤 일도 안심해선 안 돼. 치닥거리하는 사람 말 안 들으면 하루아침에 길바닥에 나앉을 줄 알아!" 하고 대꾸해주었다. 나는 결코 맘씨 고운 간병인은 아니었다. 하지만 나는 그때부터 마음먹었다. 이 사람이 죽는 날까지 평소처럼 살다 가게 해주리라. 그러려면 내가 옆에 있어야 한다. 그래서 나는 그의 간병인이 되기로 했다.

고령 인구의 팽창이 일본의 국가적 문제가 될 것이라는 건 진작부터 알았지만, 내가 그 문제를 작품에 언급한 것은 2013년 말이다. 나는 그 소설을 일종의 미래 소설로 쓰고자 '2050'이라는 타이틀을 달았는데, 당시로서는 그 위험하고 파괴적인 내용은 어디까지나 공상의 산물이었다. 그것이 당시의 현상이었다면, 나는 오히려 작품을 쓰지 못했을 것이다.

내가 기획한 소설이 위험했던 이유는, 작품 속에 노인 요양 시설의 화재로 많은 사망자가 발생한 것을 보며 젊은이들이 비웃는 장면이 있었기 때문이다. 하지만 그것은 사실 사회 말기적 암울한 상황을 가정해 쓴 것이지, 실제로 얼마 전 일어난 사가미하라시(市) 화재 사건(지적 장애인 시설의 전(前) 직원이 '불필요한 사람들을 사회에서 처분할 목적으로' 방화를 해 열아홉 명이 사망하고, 스물일곱 명이 부상을 입었다.—역주) 같은 사례를 알았다면 결코 쓰지 않았을 것이다.

나는 80줄에 들어섰다. 이미 충분히 나이가 들어 여러 면에서 기능이 떨어지고 있다. 때론 차별당하고 무시당할 수밖에 없는 나이가 되었기에 오히려 말할 수 있는 분야도 있다는 것을 체험적으로 안다. 작가는 관념만으로 글을 쓸 수는 없다. 우스운 얘기로 들릴지 모르지만, 나이 먹은 자에게는 어느 정도의 배배꼬임과 당당함이 있게 마련이다.

이 양면성을 대범하게 한 자연체로서 품고 살 수 있는 것은 일종의 기술일지도 모른다. 예를 들어 아우슈비츠의 '전성기' 에 대해 우리는 보통 자료를 통해 참혹한 강제 수용소의 일상만을 읽고 그렇게 인식하고 있지만, 의외로 수용소 안에서 '수용자' 들이 노래를 부르는 시간도 있었다는 기록도 있다. 그 장면에 대한 기술이 있었기에 강제 수용소의 비참한 민낯이 확연히 드러날 수 있었을 것이다.

인생이라는 것은, 누구에게나 선악 명암이 반드시 혼재한다. 따라서 내가 연작으로 기획한 소설 '2050년' 의 내용이 밝게 전개

된다 하더라도 우리가 직면한 노령 인구의 과잉, 청소년 인구의 감소라는 기본적인 불균형이 소설의 전제로 엄연히 존재한다. 이런 배경을 나는 당시 통계를 읽고 추측한 것이지만 오늘날 결과를 보면 인간의 감각도 그리 단순하지만은 않은 것 같다.

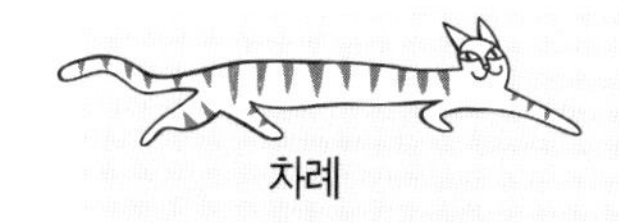

차례

6. 다시 평소처럼

7. 좋은 추억으로

1. 이상적인 생활 같은 건 없다

우리 집은 무허가 미니 요양원

나는 지금 도쿄 남서부 경계에 위치한 주택가에 산다. 이곳은 원래 우리 부모님이 사시던 땅인데 나는 다른 형제 자매 없이 자란 외동딸이라 자연스레 물려받았다. 시부모님이 근처에 가옥 딸린 땅을 사서 이사를 오시면서 우리 부부는 양가 부모님들을 모시고 살게 되었다. 내 부모님은 예순이 넘어 이혼을 해주어서 아버지는 젊은 여자와 재혼해 다른 곳에 산다. '이혼을 해주었다'는 표현이 좀 우습게 들릴지 모르지만 부모님은 젊을 때부터 서로 맞지 않아 우리 집은 늘 언제 터질지 모르는 시한폭탄을 안고 있는 것 같았다. 두 분이 정식으로 갈라서주었을 때 나는 진심으로 안도했다.

그 결과 나는 세 명의 부모님이 자택에서 돌아가시는 날까지 함께 지냈다. 현상만으로 보자면 단순하지만 거기엔 이런 저런 복잡한 사정도 있고, 나는 그동안 저작 활동도 계속했기 때문에 부모 봉양은 그때그때 사정에 맞게 적당히 할 수밖에 없었다. 노인을 나 몰라라 방치하고 따로 살 생각은 한 번도 해본 적이 없지만, 옛날식으로 아침부터 밤까지 일거수일투족 수발을 들 여력 또한 나에겐 없었다.

사람들과 이야기할 때 우리 집을 곧잘 미니 양로원이라고 말하곤 했는데 사실 부모님들은 각각 별채에 살았다. 우리 부부는 본채에, 두 개의 별채에 시부모님과 나의 친정어머니가 기거했다. 별채라고 했지만 이 건물에서 저 건물까지 가는 데 몇 발자국 안 되는 정도라 한 채에 불이 나면 금세 다 옮겨 붙을 정도로 가까웠다. 그것이 수발하는 사람 입장에서는 편했다. 반찬을 들어 나르더라도 몇 발짝만 옮기면 되니까.

우리 집에는 귀하고 맛있는 음식이 생기면 제일 먼저 윗사람에게 드린다는 원칙이 있다. 부모님들이 제일 드시고 싶어한 것은 일본 각지에서 만든 전통 명과로 도시에서 쉽게 구하기 어려운 식품이었다. 한번은 지인에게서 싱싱한 향어를 선물 받은 적이 있는데, 원칙대로 할아버지 할머니께 먼저 드렸다.

"노인은 살 날이 많지 않잖아. 너는 아직 젊으니까 향어는 다음에 네 발로 찾아가서 사 먹으면 되지."

남편이 아들에게 늘 하던 말이다.

그러면 아들은 "저는 앞으로 문화인류학을 전공해 평생 돈벌이는 못할 테니 아버지 엄마와 같이 사는 동안이라도 먹게 해주세요." 라고 맞서 부자간에 협상이 벌어진 적도 있다. 우리 집 원칙상 아들은 맨 끄트머리라 이 다음에 스스로 찾아가 사먹든 말든 아들 먼저 챙기는 일은 없었다.

지금 우리가 사는 집은 약 50년 전에 재건축한 건물이다. 이 집에는 사무실도 있고, 내가 일을 하는 서재도 있으며, 사적인 공간도 있다. 반백 년이나 된 집이라 벽은 갈색으로 변하고, 구석구석 금이 가 행여나 전쟁 직후의 일본 가정이 등장하는 영화가 있다면 촬영 장소로 제공하고 싶을 정도다.

이런 집에 90이 된 남편이 요양을 하게 되면서 나는 이 오래된 집의 편리함에 새삼 감탄했다. 50년 전 이 집의 도면을 그린 것은 나다. 남편은 전혀 관심이 없어 "당신 좋을 대로 해." 하고는 의무를 방기했다. 나는 정해진 예산 하에 내 마음대로 구획을 나눠 그렸는데, 50년이 지난 지금 구순 노인을 수발하는 데에 전혀 불편함이 없다.

우선 이 집은 바닥 높낮이의 차이가 없다. 문지방도 없다. 그때는 젊어 내 마음대로 이것저것 생각해 만든 집인데, 얼마 전 남편의 상태를 보러온 요양사가 "이 댁에서는 휠체어로 움직일 수도 있네요." 하고 놀라워했다. 당시에 좀 세련된 집들은 식당과 손님 방을 만들 때 장식적 효과를 위해 일부러 단차를 두었는데,

나는 그런 장식적인 멋은 전혀 고려하지 않았다.

그때에도 이미 고령이신 부모님의 미래를 생각했기 때문에 나는 노인을 돌보면서 발생할 만한 몇 가지 어려움을 예상했다. 장애물에 부딪히거나, 방향 전환이 어렵거나, 높낮이 이동이 힘들거나, 고립된 공간에 갇히는 일이 없도록 했다. 화장실은 벽까지 잘 닦을 수 있도록 바닥에 배수 장치를 하는 등 나름 세심하게 고려했다.

우리 가족은 이 집에서 수십 년 간 삼대가 아주 평범하게 지내왔다. 아들은 열여덟 살에 지방 대학에 진학하면서 독립했고, 그다음부터는 세 부모님과 우리 부부만 지내게 되었다. 이 생활은 내 어머니가 여든셋, 시어머니가 여든아홉, 시아버지가 아흔둘로 사망하기까지 계속됐다. 노인들은 오랜 지병이나 중병 없이 늘 골골거리는 정도로 지냈다. 시어머니는 기관지확장증이 있어 가끔 각혈을 하지만 일주일 정도 입원하면 증상이 호전되어 영양제를 투여받고 퇴원하곤 했다.

부모님들과 함께 살아오면서 제일 감사한 것은 당시 나도 약간의 수입이 있었기 때문에 노인 생활을 편리하게 하는 데 드는 비용에 대해 일일이 따지지 않아도 괜찮았다는 점이다. 우리 집은 진작부터 수입에 대해 철저한 구분이 없었다. 원칙적으로 돈은 나와 남편의 통장 중에 잔액이 많은 쪽에서 지출했다. 정확히 짚어준 것은 아니지만, 비서도 은행에 심부름을 갈 때 자연스럽게 그 원칙대로 돈을 찾아왔다.

게다가 세 명의 부모님들은 모두 워낙 절약하고 안 쓰는 성격이라 우리 부부의 경제력을 보고 낭비하거나 함부로 뭔가를 요구하는 일 따위는 전혀 없었다. 그럼에도 불구하고 무탈하게 동거하기 위해서는 나름의 기술이 필요했다.

시어머니는 니가타 출신인데, 나는 그게 지방 기질이라고 생각하지만, 꽤 검소하달까 도무지 돈을 안 쓰는 분이었다. 요즘 나온 이부자리가 가볍고 좋아 새로 마련해드리면 "나는 옛날 사람이라 이불이 가벼우면 잠을 못 잔다."고 하는 사람이다. 그러면서 새로 사드린 가벼운 이불을 꽁꽁 싸 장에 넣어두는 스타일이다. 반면 내 어머니는 후쿠이 현 출신으로 있으면 쓰는 스타일이라 신식의 가벼운 이불을 좋아했다.

이불 무게에 관해서는 각자의 취향대로 덮으면 그만이지만, 시어머니가 집수리를 반대하는 데는 솔직히 꽤나 애를 먹었다. "우리는 어차피 곧 죽을 거니까 그냥 이대로 살아도 된다."고 우겼다. 그래서 나는 시어머니가 입원하셨을 때 재빨리 다다미를 새로 깔고, 창호지를 갈아 붙이고, 바닥버팀목도 교체하고, 자랄 대로 자라난 마당의 수국도 다듬어놓은 다음 시치미를 떼고 암말도 하지 않았다. 이렇게라도 하지 않으면 두 분이 사는 낡은 가옥을 도무지 관리할 수 없었기 때문이다. 시어머니는 속으로는 엄청 못마땅했겠지만, 적어도 내게 직접 불만을 터뜨리는 사람은 아니었다.

친정어머니에 관해서는 나중에 다시 적기로 하고, 아무튼 나는 그런 식으로 우리 집 살림이랄까, 무허가 요양원 살림을 추스렸던 것이다. '이상적인 생활 같은 건 이세상에 없다' 는 것이 무수한 경험에서 내린 나의 결론이다.

대충대충 적당히 하는 성격이 딱이다

시아버지는 아흔이 다 되어 직장암을 선고받고 긴급 수술 후 인공 항문을 달았다. 최근엔 이 병에 관한 처치법도 상당히 발달했다. 하지만 시아버지는 이미 아흔이 된 노인이라 시대와 신체의 변화를 자연스레 받아들이지 못했다. 당연한 이치다. 그 나이가 되면 누구든 정신적으로나 육체적으로 기능이 떨어져 자신의 신체 기관을 대신할 인공 장기를 원활히 이용하지 못한다.

그런 이유로 환자는 인공 항문에 손을 대서 침구와 잠옷을 전부 오물로 더럽히는 일이 자주 발생한다. 잠옷과 시트만이 아니다. 이불도 하루에 몇 번씩 빨아야 한다. 나는 그때만큼 나의 '대충대충 적당히' 성격이 그야말로 딱이었다고 느낀 적도 없다. 나는 이불을 전부 바꾸었다. 겨울인데 노인에게 여름용 홑이불을 겹겹이 덮게 하는 것은 너무 야박한 노릇 아니냐는 생각과, 주변 사람들이 저 집 며느리는 시아버지를 쉰 떡 취급한다고 비난할지도 모른다는 우려를 내 안에서 깡그리 배제했다.

폴리에스테르 솜을 넣은 이불이라면 세탁이 가능하다. 오물이 묻은 이불 빨래 전용 세탁기를 따로 한 대 사서 집 뒤편에 두고 거기서 일차 세탁을 한 다음 실내에 있는 일반 세탁기로 한 번 더 빨아 건조기를 돌렸다. 나는 당시 하루에 이불을 석 장이나 빨아야 하는 나날을 보냈다. 장비를 마련하느라 지출은 생겼지만 나는 내 수고를 좀 덜기 위해 내가 번 돈을 기꺼이 쓰기로 했다. 그거야말로 생산성 있는 돈이라는 실감이 들었다. 내 몸과 맘 편하려고 쓰는 돈이야말로 최선의 지출 아닌가.

그때 비로소 나는 부조리한 현상과 싸우려면 지혜와 유연성을 지니고, 상식 따윈 일절 신경쓰지 않는 것 외엔 답이 없다는 걸 체득했다. 세상 사람들의 평판 따위는 아무것도 아니다. 내 품을 더는 방식이나 돈 쓰는 법 모두 우리 집 식대로 하면 그만이다.

친정어머니는 몸이 불편해도 침대 밑에 휴지 조각 하나 떨어져 있는 꼴을 못 보는 양반이었다. 나는 그럴 때마다 마땅찮아 "그런 걸로 사람이 죽진 않아!"라고 잔소리 하는 게 버릇이 됐다. 이 말은 꽤 다양한 형태로 응용이 되어 쓰였다.

"쓰레기가 좀 널려 있다고 사람이 죽지는 않아."

"삼시세끼 꼭 챙기지 않는다고 사람이 죽지는 않아."

"할 도리에 약간 못 미친다고 해서 그 사람을 무시해서 그런 건 아니야."

이외에도 내가 운명으로부터 배운 건 이루 셀 수 없이 많다.

당시에도 간병인을 찾는 건 정말이지 어려운 일이었다. 우리 집에는 작가가 둘 있을 뿐 일반적으로 큰 조력자가 되어줄 '작가의 부인'은 없고, 한 지붕 밑에 각자 밥벌이하는 노동자만 존재하는 식이었다. 그래서 어쩌면 회사처럼 평소 도와주는 일손을 찾기는 쉬운 면도 있겠지만, 그래도 나는 도우미를 확보하는 데 애를 먹었다. 집안일을 도와주는 사람에게도 가족이 있으니 "고향 어머니가 병이 나셨다"고 하면 얼른 보내줄 수밖에 없다. 나는 일요일이든 제삿날이든 정월도 연말연시도 일 안 하고 쉬는 날이 없었기에, 제일 큰일은 연말부터 정초에 걸쳐 어머니를 돌봐줄 일손을 확보하는 것이었다. 집 근처에 인력 회사가 있어 결국 그곳에 의뢰해 도움을 받았는데, 우리 어머니는 그와 같은 나의 어려움은 전혀 헤아리지 못하는 분이셨다.

어머니는 "평소에 뭐 그리 일손이 필요하냐. 연말연시에만 부르면 되지 않니?"라고 속 편한 소리를 해 나를 울컥하게 만들었다. 말이야 바른 말이지 연중 그때가 가장 사람 구하기 힘든 때 아닌가. 적시에 도우미를 쓰려고 나는 평소부터 중개업소 사람들과 친분을 유지해두어야 하는데 말이다.

간병의 고생을 누구보다도 알기에 나는 남편이 입원했을 때

퇴원을 생각한 것이 쉬운 결정은 아니었다. 여러 상황을 고려해 집에서 간호하는 것이 타당해서 내린 결론이었다.

일단은 환자 본인이 원했고, 사회적 상황을 생각해봐도 장기 환자를 온전히 병원에 떠맡기는 것은 불가능해 보였기 때문이다. 거기에다 내가 낸 보험료가 얼만데 돌려받지 않으면 손해라든가, 내 몫은 다 쓰고 가겠다는 생각에 그치지 않고 '오기로 더' 떠벌이고 다니는 뭇사람들의 행태에 대한 일종의 저항도 담겨 있었다.

이 일을 하시오, 라는 신의 지시

어떤 일이든 땀과 수고가 동반되는 일을 지속하려면 역시 심리적으로 기댈 곳이 필요한 것 같다. 나는 올해로 62년 간 소설을 써오고 있는데, 젊을 때 들은 우노 코지(宇野浩二, 1891~1961, 소설가) 씨의 인터뷰에 진심으로 공감한다. 인터뷰에서 그는 작가의 자질이란 무엇이냐는 질문에 이렇게 답했다. "그것은 운(運) 둔(鈍), 근(根)입니다." 작가 수행만 그런 것이 아니다. 어떠한 분야든 마찬가지라 생각한다.

운이라는 말이 나타내주듯 사람은 운명적인 결과로 인해 지금 살고 있는 지점에 서 있다. 나는 이따금씩 '이 일을 하시오.' 라는 신의 지시를 받았다고 생각될 때가 있다. 딱히 잔 다르크 같은 위대한 사명, 무엇과도 바꿀 수 없는 고차원적인 직업이라 여겨 신의 소리가 들렸다는 게 아니다. 신은 아무리 작고 시시한, 아무도 주목하지 않는 일에도 당사자에게 임명장을 준 것 같은 느낌이 들 때가 있다. 현재의 나로 말할 것 같으면, '남편 수발' 이라는 어디서나 볼 성싶은 일에 임할 때 그렇다.

사람은 꼭 그 일이 좋아서 하는 것만은 아니다. 부모님 때문에, 돈 때문에, 편의상, 아니면 도리상, 대체 인력을 구하지 못해서, 전철을 놓쳐서 등과 같은 이유도 있을 수 있다. 하지만 그 사람이 그러한 이유로 그 일을 하게 된 데에는 나름의 의미가 있다고 생각한다. 왜냐하면 그거야말로 한 인간임을 증명하는 순간이기 때문이다.

그래서 난 속이 편하다. 내가 철저하지 못해서 이런 길을 택했구나 생각하면 후회할 수도 있다. 좋은 운명이라면 무조건 자랑스럽겠지만, 그렇지 못한 운명이라면 선택을 잘못했다고 운명에 불복하고 싶어질 것이다. 그러나 인생에는 운(運)이 있다, 명령받은 길이다, 라고 생각하면 딱히 불평할 게 없다.

나는 이래 뵈도 신앙에 등 돌린 적은 없다. 모든 일은 신이 명한 길이라고 생각할 수 있다. 인간은 아무리 노력해도 노력만으로 목적을 성취할 수 없다. 사회적 조류라든가 시대적 흐름 등 인간의 눈으로 보면 불합리한 요소가 있을수록 인생은 톱니가 맞아 돌아간다는 느낌을 받는다.

우노 씨가 두 번째로 든, '둔감함' 이란 요소는 뜻하는 바가 깊다. 우리는 무슨 일을 하든 너무 완벽을 추구하거나 '나는 다 알고 있다'고 생각하지 않는 편이 좋다. 가능한 한 관대한 것이 좋다. 다시 말해 '적당히' 하는 게 좋다는 말이다. 생각해보면 '적당히'라는 것은 목욕물 온도를 맞추는 것처럼 딱 떨어지게 할 수 없는 기술이다. '적당히'라는 말이 '두루두루 대체로'라는 의미와 더도 덜도 말고 딱 맞는 적절한 것, 이 두 가지를 나타내니 재미있다.

노인 수발할 때의 '적당히'란 주로 알아서 쉬어주는 것을 말한다. 하지만 그것이 결과적으로 보면, 최선의 방법이었던 경우도 많다. 나의 영악함은 도망갈 구멍 즉, 오래 지속하는 길을 일찌감치 발견한 데 있다.

하겠다고 마음먹은 것, 꼭 해야만 하는 일도 싫어지거나 지치면 멈추는 게 자연스런 일이다. 그것을 완벽히 해내려고 하면 간병인은 부담스럽고 스스로를 채근하게 되어 쉬이 지쳐 떨어지고 결국 손을 놓아버리게 된다. 오히려 간병인은 게으른 편이 좋다. 정신적으로 철저한 미의식을 갖는 것보다 게으른 게 좋은 것이라고 인식하는 편이 낫다.

게으른 자는 원래 일하는 것을 싫어하기 때문에 자신을 채찍질하지 않는다. "이 정도가 최선이에요." 하고 늘 자신과 상대에게 말을 한다. 게으른 자는 자기 안의 불완전성을 눈감아주는 세상이 어떻게든 돌아간다는 것을 알고 있다. 그래서 저 혼자 거만

하게 굴거나, 스스로를 닦달하는 일이 없다.

현재 나는 대체로 건강하지만 쇼그렌증후군이라는 혈중 특정 항체 수치가 높아지는 자가면역질환을 앓고 있다. 그 원인은 아직 정확히 밝혀지지 않았지만 한 학설에 따르면, 만 6세까지 너무 청결한 환경에서 자란 아이들에게 많이 발병한다고 한다.

내게는 이 생에서 만난 적이 없는 언니가 있는데 세 살이라는 한창 귀여울 나이에 폐렴으로 죽었다. 그로부터 6년 후 내가 태어났기 때문에 어머니는 내가 이제는 다시 없을 아이라 생각해 나를 절대 앞서 보내지 않으리란 각오로 키웠다. 생선회를 뜰 때는 도마를 일일이 열탕 소독하고 소풍 가서도 사과 껍질을 깎기 전에 알콜로 칼을 소독했다. 바닥에 떨어진 과자는 당연히 어머니에게 빼앗겼다. 그런 식으로 나는 외부에서 침입하는 이물질이 극단적으로 제한된 상태로 유아기를 보냈다. 정상적인 면역 기능이란 외부에서 침입한 이물질에 맞서 발동하는 데 반해 나와 같은 유아기를 보낼 경우 제 몸속 물질에 대해 작용하는 이상 현상이 생긴다는 것이다.

보통 유아기에 아이들은 형제 자매나 친구들이 주위에 많이 있어 서로 장난도 치고 부딪히기도 하면서 보낸다. 그것이 건강한 유아기다. 바닥에 떨어진 과자도 주워 먹고 불결한 손가락을 코나 입에 집어넣기도 하면서 자라기 때문에 면역 기능이 정상적으로 작동하는 것이다. 쇼그렌증후군에 의해 발병하는, 교원병

(膠原病 : 피부와 근육이 또는 근육과 뼈가 이어져 붙거나, 세포와 혈관 사이가 메워지는 병의 총칭—역주)이란 병명을 의사로부터 처음 들었을 때 "이 병은 약이 없습니다. 의사도 없습니다. 평생 낫지 않습니다. 다만 금방 죽는 병도 아닙니다."라는 명쾌한 진단을 받았다. 현재 내가 불편을 느끼는 것은 가끔 있는 몸의 통증과 미열, 피로, 발바닥 통증 정도로 이 증상들은 '살아가는 데' 큰 장애가 되는 것들은 아니다. 따라서 나는 내가 살아나갈 뿐만 아니라 남편도 살아가도록 도울 수 있다고 믿는다. 오히려 그보다 내가 간병인 노릇을 지속할 수 없는 이유가 있다면, 그것은 어느 누구도 예외 없이 맞이할 노화라는 현상일 것이다. 나는 이제 여든 다섯이 넘었다.

적극적인 치료를 하지 않겠다는 원칙

우리 부부는 예전부터 노후 생활에 대해 어느 정도 분명히 결정해둔 게 있다. 어느 정도라고 한 것은 인간의 힘으로는 도저히 정할 수 없는 부분도 있기 때문이다. 예를 들어 세상 하직하는 시기라든가…. 그것은 신의 영역이다.

'건강한 노년'이란 아주 축복받은 것이지만, 그래도 젊을 때와는 달리 생각만큼 움직일 수는 없다. 그러니 노인은 누구나 더 겸손하게 자신의 쇠락을 예측하고 눈이 잘 안 보이게 되었을 때, 한쪽 다리를 잘 쓰지 못하게 되었을 때, 손가락이 움직이지 않게 되었을 때 등등 어떻게 대처해야 할지 미리 생각하고 정해두어야 한다.

아직 중년일 때 나는 존경하는 의사로부터 '임종을 앞두고 해서는 안 되는 것' 세 가지를 배운 적이 있다.

- 수액이나 위장관 삽입 처치로 연명
- 기관 절개
- 산소 흡입

젊은 사람이 사고로 중태에 빠진 경우라면 물론 모든 수단을 다 써서 살리려 시도하고 회복시키도록 해야겠지만, 노인이 언제까지 수액으로 연명할 수는 없는 노릇이다. 또한 기관 절개를 하면 마지막 순간 친족들과 한두 마디라도 할 귀중한 기회마저 빼앗기게 되기 때문에 절대적으로 말리는 게 좋다고 한다. 비록 한 마디라도 환자가 말할 수 있게끔 놔두면, 남편도 짓궂은 중학생처럼 마지막까지 아내의 악담이나 위험한 사상을 평소 하던 대로 사람들에게 던져놓을 수 있을 것이다. '이제부턴 언제 죽어도 아쉬울 게 없는 나이야' 하는 것은 각자 생각이 다르겠지만, 우리 부부는 노후에는 일절 생명 연장을 위한 적극적인 의료 행위, 즉 수술이나 수액 등의 처치를 받지 않기로 정했다.

나는 환갑이 되고서부터 암 등 심각한 질병을 조기 발견하기 위한 엑스레이 촬영을 전혀 하지 않고 있다. 그럼에도 나는 이미 80대 중반까지 심각한 병 없이 살아왔다. 내가 아는 의사들은 "엑스레이 촬영을 하지 않은 것만으로도 오래 살 겁니다." 하고 나를 놀린다.

하지만 자발적으로 의료 행위를 받지 않는다고 해서 우리 부부가 아무 의지 없이 삶을 자포자기하겠다는 것은 아니다. 나는 자연스럽게 내가 할 수 있는 범위에서 가족의 식사를 신경쓰고, 수면, 일, 삶의 의욕 모든 것에 적극적으로 임한다고 생각한다. 엑스레이 촬영을 하지 않게 된 것도 그동안 읽은 여러 책들에 의거하여 '아주 미량의 방사선이라도 쪼이지 않을 수 있다면 쪼이지 않는 편이 낫다' 고 생각했기 때문이다.

의약품 의존증도 좋지 않다는 것을 확실히 알고 있다. 사람에게 도움이 되는 약이란 게 있다면 그것은 매끼니의 식사와 식재료에 있다고 생각한다. 그래서 나는 집 마당에 약간의 채소를 심어 어린 싹을 나물로 무쳐 먹고 있다. 남편은 나와는 달리 약을 좋아하는 사람으로 매일 아침 영양제를 먹는데 너무 큰 비타민제는 내 마음대로 절반 잘라서 주고 있다. 아예 없는 것보다는 나은 정도로 만족하는 것이 노후 생활이다.

오래 사는 것은 사회와 나 스스로에게도 좋은 게 아니라는 생각이 들었다. 가령 제대로 사고하지 못하는 노후의 나를 생각하면 오래 사는 것이 능사는 아닌 것 같다. 또한 노인 한 명이 오래 살면 확실히 그만큼 젊은 세대에게 돌아갈 건강 보험 비용을 쓰게 된다. 그렇다고 해서 나는 '늙으면 빨리 죽어야 한다' 고 생각한 적은 없으며 글로 쓴 적도 없다. 그저 타고난 명을 소중히 여기고 그 이상은 바라지 말자는 생각이다. 몇 살까지 살다가 죽는 게 좋은가 하는 것은 사실 아무도 답할 수 없다. 수명이야 신에게 맡기고 숨쉬는 동안은 건강하게 생활하도록 노력하는 것이 가장 밝은 삶의 자세가 아닐까.

남편은 심신의 건강을 위해 60대에 매일 아침 조깅에 몰두하던 시절이 있었다. 내가 아는 이 중에는 80대에도 매일 만 보 걷기를 목표로 하는 사람도 있다. 하지만 나는 매일 만 보나 걸을 시간이 없다. 그리고 스포츠를 싫어해서 평생 운동이란 것을 해본 적이 없다. 대신 집에서 바지런히 움직인다.

내 판단으로 건강 검진을 받으러 가지 않은 것은 실로 편한 일이었다. 나는 만 64세부터 73세까지 재단에서 일을 했는데 그곳에서도 '건강 검진을 받으라' 는 말을 들었지만 따르지 않았다. 나는 무급 회장이었기 때문에 그 정도는 내 마음대로 할 수 있었다. 그 건강 검진은 수만 엔이나 드는 비싼 것으로 재단에서 지불하긴 하지만, 이미 젊지도 않은 나이에 굳이 남의 돈을 그렇게 써가면서 '피폭당할' 필요는 없다고 생각했다.

내 생각이 바른지 어땠는지는 잘 모르겠지만 내 주변에는 독감 백신도 맞는 의사가 거의 없었다. 오히려 '그런 거 다 소용없다' 고 대놓고 말하는 의사가 있는가 하면 백신이라는 이물질을 몸 속에 넣는 게 바로 독이라는 사람도 있었다.

건강 유지는 확실히 과학적인 세계이지만 개개인의 취미나 선택 의지도 한몫하지 않나 싶다. 나 역시 건강을 위해 관심을 갖고 있던 분야가 전혀 없었던 것은 아니다. 나는 오래 전부터 한방에 흥미가 있어 시간이 날 때마다 그쪽 분야의 책을 읽고 불편한 곳이 있으면 한약을 지어와 조절하는 경우가 많았다. 옛날 사람들은 야생 약초를 달여 만든 탕약을 먹었다. 야생 동물은 자연의 풀을 씹어 스스로 회복한다. 그 정도로 충분한 것이다.

남편이 퇴원해 집에서 요양하게 되었을 때 우리는 적극적인 치료를 하지 않겠다는 3원칙을 지키기로 했다. 약이 아닌 음식을 먹으며 살고, 약간 무리해 걸음으로써 일상 생활을 유지한다. 그 이상 과격한 의료 행위는 하지 않는다, 라는 결정을 지키기로 한 것이다.

갖추고 준비하고 대비할 뿐

'빈곤한 노년층' 이나 '노후 생활 자금' 에 대한 화제가 사람들 사이에 자주 오르내린다. 그 주제에 관심이 쏠리는 이유는 그만큼 많은 이들의 수명이 길어졌기 때문이다. 나는 수녀원이 경영하는 학교에 다녔기 때문에 친구들 중에 수녀가 많다. 그중 몇 명은 늘 아프리카 오지에 가서 어린이들에게 글을 가르치거나 작은 진료소에서 일을 했다.

언젠가 그런 수녀들 몇몇이 모여 '수녀들의 노후' 에 대해 서로 이야기를 나누었다고 한다. 그러니까 수도원에서도 노령화 문제가 대두된 것이다. 일본에서 일하는 사람들은 노인 요양 시설을 경영하는 측이었다. 당연히 그곳은 그곳 나름대로 인간관계에서 일어날 수 있는 모든 난점들이 화제에 올랐다.

그런 와중에 아프리카에서 일하는 사람이 어쩌다 휴가 일정이 맞아 그 시기에 일본 수녀원 본부에 와 있었다. 그 수녀는 처음엔 잠자코 있다가 사람들이 "그쪽 수도원에서는 어떻게 하고 있냐"는 질문을 하자 그제서야 찬찬히 대답했다.

"우리 수도원에서는 그런 문제는 일어나지 않습니다."

"어떻게요? 아프리카 가족들은 모두 친절하게 집에서 노인 수발을 드나요?"

"아뇨, 수발을 받을 만큼 장수하는 사람이 없습니다."

그것은 예상치 못한 답변이었다. 장수하는 것이 꼭 행복한가 하는 문제도 그리 단순하지만은 않다. 일반적으로 아프리카에서는 구급차가 모두 유료다. 게다가 아마도 비쌀 것이다. 일본에서는 구급차를 부르면 몇 만 엔 정도 되는 요금을 가족들에게 청구한다. 가족이 수중에 돈이 없을 경우, 친척들에게 급히 빌릴 수도 있다. 그래도 돈이 안 될 경우 구급차는 환자가 당장 고통에 몸부림치든 피를 흘리고 있든 그 자리에 두고 가버린다.

그런 이야기가 나왔을 때도 아프리카에서 일하는 수녀는 "우리 수도원에서 그런 문제는 일어나지 않습니다." 하고 좀전과 같은 대답을 했다. 좀더 인도적인 방법이 있나 해서 모두 뒷 이야기를 기대했다. 수녀는 차분하게 말을 이었다.

"그곳은 전화가 없기 때문에 구급차를 부를 수가 없지요."

"아, 그렇군요. 전화가 없으면 구급차를 부를 수가 없지요." 로

마무리되었다.

나는 차드라는 나라의 시골에 간 적이 있다. 하루는 거기에 있는 일본인 수녀와 테라스 비슷한 장소에 앉아 밖을 바라보는데 달구지 하나가 들어왔다. 끼익끼익 털털 소리를 내면서.

"소노 씨, 저게 바로 이 나라의 구급차에요."

소달구지가 집에 있거나 빌려올 수 있는 사람은 그나마 복 받은 사람이란다. 대개 환자들은 달구지에 실려서든 가마니에 실려서든 의료 설비가 있는 곳까지 가지도 못한다. 버스 노선도 없다. 택시도 없을 뿐더러 있다 해도 차비가 없다.

환자는 달구지 위에 이불을 깔고 누워 있었다. 환자는 여성이었는데, 남편과 아들도 같이 타고 있었다. 사람 외에도 달구지에는 솥과 냄비, 물그릇과 장작, 식량으로 쓸 곡물 가루와 감자, 그리고 큼직한 돌 세 개가 있었다. 돌 세 개만 있으면 어디서든 취사가 가능하다. 어쩌면 이 달구지 구급차는 며칠에 걸쳐 겨우 당도했을지도 모른다.

그래도 남편과 아들이 함께하는 환자는 행복하다고 하는 일본 사람도 있었다. 일본의 노인들은 아들도 며느리도 바빠 도저히 곁에 있어주지 않는다.

이런 걸 생각하면 내가 남편 뒤치다꺼리를 하는 생활은 풍요롭고 복에 겨운 것이었다. 나는 우선 집안을 정리했다. 남편보다 내가 먼저 움직이지 못하게 될 것 같았기 때문이다. 74세에 입은 발목 골절은 잘 치료되어 아프리카에도 몇 차례나 갔다왔지만 우리 집 2층에 올라가는 것은 힘들어 언제까지 이 생활을 계속할 수 있을지 의문이었다. 나는 어려움이 예상되어 진즉에 1층에서 2층까지 연결되는 체어리프트를 설치해놓았다. 복도 벽에도 발레리나들이 연습할 때 사용하는 것과 같은 바를 설치했다.

이러한 장치들은 나든 남편이든 어느 쪽이 먼저 사용하게 될지 모르지만 그보다 먼저 우리 집을 찾아주신 손님들에게 도움이 되곤 했다. 우리가 나이를 먹으니 동시에 아는 이들이나 친구들도 자연히 비슷한 수준이 되었으니 말이다.

나는 '갖추다, 준비하다, 대비하다' 라는 행위를 좋아하는 성격이다. 어느 정도 나이가 들고는 옷이나 핸드백 등을 사는 데 돈을 들이지 않게 되어 편했다. 맘에 드는 것을 고르기 위해 백화점 순회를 할 만한 기운이 없기 때문에 옷은 필요하면 온라인 쇼핑으로 산다. 핸드백은 일단 가벼워야 한다. 악어 가죽 핸드백을 주겠다는 사람이 있어도 무거워서 들고 다닐 수가 없다. 가벼운 핸드백은 대부분 나일론으로 만들어 (정확히 어떤 소재인지 모르겠지만) 가벼울 뿐더러 때가 타면 젖은 헝겊으로 쓱쓱 닦으면 그만이다. 지금 나에게 배려 있는 선물이란 모두 체력과 관계된 것들이다. 그런 식으로라도 체력을 유지한 덕에 나는 본업 틈틈이 간호를 할 수 있는 것이다.

나는 나 스스로 일하고 돈을 벌어서 나에게 맞는 설비를 할 수 있다는 것에 깊이 감사한다.

사람들은 방 앞 처마 끝에 빨래 건조 장치를 하는 것은 쓸데없는 돈 낭비라고 할지 모르겠다. 그러나 고령자들이 다치는 많은 경우가 빨래를 들고 건조대가 있는 밖으로 나갈 때 신을 갈아 신으면서 일어난다. 동절기에는 빨래를 걷으러 밖에 나갈 때 찬 바람에 노출되어 단박에 감기에 걸릴 수도 있다. 나는 그럴 가능성을 미리 줄이고자 한 것이다. 그와 같이 내 몸의 안녕을 위한 설비를 하는 데 노년에는 여분의 돈이 필요하다.

때론 화를 낼 때가 있다

나는 육체적으로 강한 힘을 갖고 있는 사람이 부럽다. 예를 들어 무거운 짐을 들고 먼 거리를 걸을 수 있는 사람을 제일 존경한다. 그럴 힘이 없는 나는 도대체 무엇으로 내게 없는 힘을 대신할까 궁리해왔다. 이 나이 되도록 다행히 계속 일을 해올 수 있었던 나는 일찍이 내 육신을 편하게 하는 데 투자하자고 생각했다.

체어리프트 설치만 해도 상당히 효과적으로 보이는데, 사실 나만 이렇게 한 것은 아니다. 나보다 열두 살 정도 젊은 지인이 3층 집을 지었을 때 장래를 생각해 아예 정식 엘리베이터를 설치했다. 그러나 그 여자는 나처럼 나이를 많이 먹기도 전에 사망했기 때문에 엘리베이터는 제대로 써보지도 못했다. 그러니 미래를 대비하는 것이 반드시 현명하다고 할 것만도 아니다.

오히려 내가 믿고 사는 진리는 '이 세상만사 자기 생각대로 되지 않는다'는 점이다.

작가라는 직업은 때론 시간이 있고 돈도 벌기 때문에 그 돈을 언제 어디서 어떻게 쓰든 자기 자유라고 할 수 있다. 그래서 그런지 식도락이 많다. 봄에는 죽순, 여름에는 은어, 가을에는 송이, 겨울은 복어, 계절에 따라 가장 맛난 식재료와 또 그 맛을 가장 잘 살려내는 장소가 따로 있다.

하룻밤 자는 데 10만 엔이 훌쩍 넘는 호화로운 료칸, 아무리 사정을 해도 예약하기 어려운 레스토랑을 글로 남기는 사람도 있지만, 나는 최근 들어 그런 류의 특권 계층만 향유할 수 있는 현세의 쾌락이 모두 싫어졌다. 억지로 거부하는 것은 아니다. 그런 종류의 것들과는 일절 관계하지 않고 인생을 마칠 수 있다면 속이 후련하겠다고 생각한다. 그런 숙소나 레스토랑을 바랄 만큼 세속적이진 않다. 나 스스로 좀더 안락하고 맛있는 것을 발견할 수 있다는 근거 없는 자부심이 있기 때문인지도 모른다.

레스토랑이나 숙소 사진이 잡지에 컬러로 실리면 나는 건축이나 요리에 모두 관심이 있기에 일단 꼼꼼히 읽지만 나 자신은 그와 같은 급이 다른 사치를 바라지 않고 죽는 것이 담백한 인생이라 생각한다. 대단한 건 아니지만 그러했기에 자만하지 않고 남들만큼의 삶을 살아왔던 것이다. 남들은 할 수 없는 호사를 누린다는 것은 나뿐만 아니라 대부분의 사람들에게 어울리지 않는 행위이기 때문이다.

송이버섯이나 게도 서민들이 살 수 있는 범위의 가격으로 먹을 수 있는 기회가 있다면 기꺼이 먹겠지만, 남들 이상의 호사는 행복이라고 생각지 않는다. 물질 면에서는 남들만큼 있거나 아주 약간 여유가 있는 정도가 제일 행복하다. 힘도 그 정도가 딱이다.

내가 이런 것을 생각하는 것도 남편이 현재 인생의 말년에 접어들어 그다지 욕심도 불만도 갖지 않는 것에 지극히 감사하기 때문이다.

"나는 단 한 번이라도 좋으니 이런 료칸에서 자보고 싶었다." 든가 "이 레스토랑에서 먹어보지 못한 게 한이네."라는 말은 한 번도 한 적이 없다. 남편이 집착하는 것은 이 세상에 책과 잡지뿐이다.

그렇다고 남편이 생활에 불만이 없는 건 아닐 것이다. 내가 가끔 남편에게 화를 내기 때문이다. 비서를 불러 쓰레기통을 좀 비워달라는 따위의 부탁을 하면 나는 그 자리에서 제지한다. 물론 착한 비서는 그런 일쯤 언제라도 해준다. 하지만 역할 구분은 꼭 해야 할 필요가 있다. 그런 종류의 일은 자기가 처리할 수 있다. 누구든 가까이 있는 사람을 마구 부려도 되는 건 아니다. 아마도 남편은 마누라에게 자주 혼난다고 생각할 것이다. '아내가 좀더 착하고 호통치지 않는 사람이면 좋겠다.' 고 생각할 것이다. 솔직히 나는 호통을 치는 게 아니다. 다만 남편의 귀가 잘 들리지 않기 때문에 자연히 소리가 커지는 것뿐이다. 이젠 내 체력도 많이 떨어졌다. 그런 환자나 고령자의 언행에 심정적으로 휩쓸리고 싶지 않다.

건강한 사람이든 아픈 사람이든 장년이든 노년이든 세상살이 제 맘대로 되지 않는 건 당연하다. 그런 불만족은 누구나 감내해야 하는 것이 세상살이다.

남편은 무서운 아내로부터 받은 고난을 회피할 방법을 생각해 냈다. 내가 화를 내면 전혀 마음에도 없으면서 반사적으로 "아 네네." 한다. 속이 빤히 들여다보이는 대답이다. 대답은 네네, 하면서 말의 내용은 전혀 신경쓰지 않는다.

이 글을 읽으면 누군가 한 명쯤은 내게 "남편에게 좀더 고분고분하게 하라."고 회개를 촉구하는 투서를 보낼지도 모른다. 하지만 그런 편지를 쓰는 사람은 아마도 책임지고 누군가의 간호를 하지는 않는 사람일 것이다. 남의 말을 쉽게 하는 사람은 결코 아무 일도 하지 않는 '외부인' 이라는 걸 요즘 사람들은 알고 있다. 나는 외동이이기 때문에 직접 겪은 적은 없지만 형제가 여럿인 사람의 체험에 따르면 이따금씩 문병 와서는 부모에게 이렇게 해드려라, 저렇게 해드려라 지적하는 것은 꼭 부모 부양을 하지 않는 형제 자매 중 누군가라고 한다.

간병의 기본은 배설물 처리다

죽을 때는 혼자 죽겠다고 당당히 말하는 사람이 있었는데 나는 모든 일은 생각지 못한 형태로 나타난다는 것을 알고 있다. 현실적으로는 결코 혼자 죽을 수 없다.

죽음이라는 일선을 넘기까지 아마도 긴 과정이 필요하다. 사람은 쉬이 죽지 않는다는 말이 있다. 사실 이 과정이 상당히 긴 기간 지속되는 관문이다. 도중에 혼자서 음식물 준비를 못하게 되고 마실 물조차 뜨러 갈 수 없게 되거나 제 발로 화장실까지 갈 기력마저 잃게 되는, 이러지도 저러지도 못하는 고통스런 과정을 겪기 때문이다.

사실 나는 이번에 남편 상태가 많이 안 좋아지면서 위와 같은 일들에 대처할 복지 시스템이 예전과 달리 얼마나 발달했는지 알고 감사했지만, 그래도 때와 장소를 가리지 않고 일어나는 고령 환자의 생리 현상을 처리할 사람은 가족밖에 없다는 사실 또한 새삼 느꼈다. '방문 간호' 라는 제도가 있으나, 그것은 '지금 당장' 화장실에 데려다주거나 오물 처리까지 해주지는 않는다.

그것을 만족시키는 것은 그야말로 봉사, '디아코니아(봉사, 섬김이란 뜻의 그리스어—역주)' 라는 행위이다. 물론 일생 봉사하는 것으로 자신을 바치는 사람도 있다. 디아코니아의 진정한 의미를 성서에서 배웠을 때 내 안에 일어난 고요한 충격은 실로 잊기 힘든 것이었다. 봉사란 모든 것이 풍비박산 난 재난 지역에 가서 돕는 일이나 노인 요양 센터에 가서 청소와 화단 가꾸기, 노래 불러주기 등이라고 말하는 사람도 있다. 하지만 이런 것은 부분적으로 봉사와는 상관없는 것들이다. 그런 일들은 오히려 제공하는 사람들의 자기 만족을 위한 무대를 찾는 것, 이라고 보는 관점도 있다. '위문 가서 합창을 해주자' 든가 '춤을 보여주자' 하는 것은 출연자 측의 즐거움이라는 것이다.

봉사를 뜻하는 '디아코니아' 라는 그리스어의 어원을 보면 좀 더 엄중한 의미를 갖는다. '디아' 는 영어로 'through' 다시 말해 '~를 통해' 라는 의미다. '코니아' 는 '오물' 이다. '더러운 것을 통해' 라는 것은 '인간의 배설물을 통해' 라는 의미다.

봉사란, 대소변을 처리하는 것이다. 그 이외의 일들은 남에게 봉사하는 것이 아니라고 내가 아는 신부님은 말했다.

이것은 내게 결정적인 것이었다. 봉사란 남에 대한 행위이지만 그 대상이 가족일 때는 '간병' 즉 병수발이다. 따라서 간병의 기본은 배설물 처리다.

물론 사랑하는 사람의 일이라면 무엇이든 할 수 있다. 딱히 사랑하지 않더라도 '일' 이라면 가능하다. 그리고 가족이라면 가능 여부를 생각지 않고 하는 경우가 많다. 적어도 수발하려고 하는 게 보통이다.

친구나 혈연이 아닌 사람일 경우에도 그 관계가 가능하다는 사람도 있다. 있을 수 있다. 그러나 나는 회의적이다.

가족이라면 특히 부부나 부모 자식 간이라면 운명이라 받아들이기 쉽다. 수발하는 것이 당연하다고 생각할수 있다. 그것은 해주는 쪽이든 행위를 받는 쪽이든 그 운명을 받아들이냐 마냐를 따질 문제가 아니기 때문이다.

적어도 나는 소박했다. 아버지는 어머니와 헤어져 재혼했지만 나는 홀로 된 어머니와 시어머니 시아버지의 노후를 돌보는 것은 자연스런 일이라 생각했다. 그것은 사실 기뻐할 일도 슬퍼할 일도 아니다. 그저 함께 살 운명일 뿐이다. 이 관계는 웬만한 일이 아닌 이상 끊어질 수 없기 때문이다. 그러나 타인과의 (아무리 잘 통하는 타인과도) 관계는 언제라도 즉각 끊어질 수 있고, 그렇다면 디아코니아의 의무도 없어진다. 따라서 현실적으로 참된 '디아코니아' 를 지속할 수 있는 것은 직업적 간호사거나 요양사, 아니면 가족이다.

나는 남편이 집에서 요양을 하게 된 후에도 그다지 세심하게 돌보지 않았다. '보통 사람으로 살아주세요' 하는 심정이었다.

컵을 쥘 힘도 없어져 남이 먹여주어야만 하지만 물을 흘려도 좋으니 스스로 컵을 쥐게 내버려두고, 스웨터를 입지 못하게 되면 누군가 입혀주겠지만 시간이 오래 걸려도 좋으니 어떻게든 스스로 입게 나뒀다.

그건 내 경우도 마찬가지일 거라 믿고 그렇게 했다. 10년 전만 해도 일주일에 두세 번 재단에 출근할 때 나의 몸치장(약간의 화장과 머리 매만지기) 시간은 10분도 걸리지 않았다. 그런데 지금 나는 몸속이 편찮아 옷을 입는 데만 10분 넘게 걸린다. 평소엔 화장다운 화장도 하지 않지만 교원병 담당 의사가 피부를 볕에 그을리지 말라고 했기 때문에 외출 시에는 자외선 차단제를 바르고 분을 바른다. 딱 그 정도만 하는데 15분이나 걸려 중간에 드러눕고 싶어진다. 이러한 체력 저하가 장기간 남편 간병을 하는 동안 점점 더 뚜렷해졌다. 기운도 없고 걷기도 불편해하는 간병인이니 결과가 좋을 리 없다.

당장에 내가 로봇 급으로 움직이는 건 바랄 수도 없지만 조금이나마 노동에 도움이 되는 간병인이 될 필요가 있었다. 헌데 그것을 방해하는 것은 걸을 때마다 격통이 이는 왼쪽 다리 인대였다. 직진하는 것까지는 그래도 가능하다. 하지만 왼쪽으로 돌 때마다 찌릿하고 통증이 온몸을 타고 흐른다. 왼쪽을 향해야 할 때는 발목보다 몸통을 먼저 천천히 돌려놓아야 한다.

왼쪽으로 돌 때마다 다리에 통증이 인다고는 해도 평소 같으면 크게 불편하게 생각지 않았을 것이다. 내 또래들은 의사가 "그럴 만한 연세지요."라고 하며 결국 치료약이 없다는 진단을 내리면 버럭 화를 내는 사람도 있지만, 나는 그런 의사들의 말이 상당히 정확하고 온당한 표현이라 생각한다. 첫째 그것은 부인할 수 없는 사실에 기초하고 있다. 둘째 그것은 포기해도 된다는 보증이다. 셋째 그런 만큼 당장의 통증을 없애는 진통제 같은 약을 줄지도 모른다.

나는 사교 댄서가 아니기 때문에 왼쪽으로 돌 때마다 격통이 이는 증상으로 일상 생활에 큰 불편이 있는 것은 아니다. 원래 인간은 누구나 타고나는 '상처'가 있다. 그것을 개성으로 생각하고 감수하며 살아가는 것이다.

2. 다만 전과 같지 않은 것들

‘오래지 않은 과거’를 기억 못한다

이 책을 쓰는 이유는 나 자신이 현재 많은 사람들이 직면한 전형적인 사례를 경험한 사람이기 때문이다. 고령화는 점점 가속화되고 젊은 인구가 줄어 많은 노인들을 병원과 노인 요양 시설에다 수용할 수 없을 지경이 되었다. 이 문제는 이미 예측되었던 바지만, 정부는 안이하게 대처해왔다. 아니 문제라고 인식을 해도 어떻게 손쓸 도리가 없는 경우도 있다. 우리는 단 한 번뿐인 생을, 그것도 남과 비교할 수 없는 개별적인 인생을 매일 처음, 첫 경험으로 맞을 수밖에 없다. 그러니 대부분의 사람들은 각오도 못한 채 예상치 못한 문제에 직면하며 하루하루를 살아간다. 이 속에서 겪을 수 있는 실패담을 미리 귀띔해줄 사람으로 내가 적임이라 생각했다. 작가는 미와 추, 도덕과 부정, 성공과 실패를 최대한

선입견 없이 관조하며 쓰는 훈련을 거듭한다. 따라서 이 작업은 누구나 맞이할 현상의 보고서가 될 것이다.

우리 부부는 부모님 세 분의 임종을 모두 집에서 맞았다. 친정어머니는 말년에 욕실이 딸린 세 평 반 정도의 별채에 기거했는데, 얼마 안 되어 거동이 불편해진 이유도 있지만 자꾸 말동무를 독점하고 싶어했다. 그건 충분히 이해한다. 어머니 나이가 되면 그동안 말동무해오던 친구도 세상을 떠나 없고, 설사 있어도 귀가 잘 들리지 않는 경우가 많다. 늦은 시간 누군가와 통화를 하려 해도 상대가 없는 것이다.

하지만 미안하게도 우리 집은 남편이나 나나 둘 다 글 쓰는 사람들이라 낮 동안은 중소기업 사장 급으로 바쁘다. 비서는 물론 나도 여유 있게 어머니의 말 상대가 되어줄 시간이 없었다. 나는 어머니가 도움도 청하지 못할 상황이 되면 그것도 큰일이다 싶어 어머니 머리맡에 초인종을 설치해드렸다. 나로서는 그것으로 문제가 해결되리라 여겼다. 최근 이런 장치가 해결책이었다는 내용의 기사를 어딘가에서 읽었는데 일이란 그리 간단히 해결되지 않는 법이다.

그 장치를 해두니 어머니는 5분이 멀다하고 초인종을 눌렀다. 물론 어느 정도는 도움이 필요해서 그런 것이다. 옆에 있는 휴지를 집어달라든가, 창문을 좀 닫아달라든가 하는 자잘한 부탁들이었다. 보통 그 정도의 작은 일은 스스로 하든가, 누군가 들어왔을 때 한꺼번에 부탁하는 것이 어른의 방식이다. 하지만 어머니는 몇 분 전에도 자기가 뭘 부탁했다는 사실을 기억하지 못하기 때문에 악의 없이 그저 벨을 눌러대는 것이다. 얼마 지나지 않아 우리는 정상적인 생활을 할 수 없을 정도가 되었다. 우리 집만 그런 게 아니라 이 초인종은 결국 얼마 못 가 폐기되거나 울려도 바로 응답하지 않는 (다시 말해 기능하지 않는) 장치가 되고 말았다.

인지증은 오래지 않은 과거의 일부터 기억이 소실되어간다는데 그것은 증상을 오래 관찰해 얻은 결론인 것 같다. 옛일은 기억을 해도 방금 전 초인종을 눌렀다는 사실은 기억하지 못하니 말이다. 이 '오래지 않은 과거'를 인식한다는 것이 얼마나 중요한지 나는 절실히 느끼고 있다.

나 역시 오래 지나지 않은 과거의 일이 얼른 떠오르지 않을 때가 종종 있다. 구상했던 단편의 줄거리를 얼른 떠올리지 못할 때가 많이 생겼다. 단편은 대개 시간과 장소에 구애받지 않고 짧은 시간에 완성한다. 그 귀한 단편의 줄거리들을 나는 평생 몇 개나 잊어왔던가. 당장은 '이러다 금방 기억나겠지' 하고 기대하지만, 결국 완전히 어둠 속으로 사라져버린 이야기가 몇 개인지 모른다. 이것은 '오래지 않은 과거'의 '상실'이다. 이것을 보면 인간은 부분적으로 상당히 젊은 시절부터 인지증을 앓는 경우도 있는 것 같다.

‘오래지 않은 과거’를 잊어버리면 사람은 다양한 인격상의 문제를 일으킨다. 다른 이와의 약속을 잊는다. 자주 오갔던 장소를 기억 못해 가지 못하게 된다. 상대와 어떤 관계였는지 얼마나 깊은 관계였는지 생각나지 않아 제대로 대화를 할 수가 없다. 상대에 대한 데이터가 지워지고 없기 때문에 배려도 할 수 없다. 그런 고도의 인간관계뿐만 아니라 바로 일 분 전에 나눈 대화 내용이 머릿속에 없기 때문에 돌봐주는 간병인조차 더 이상 상대할 수 없는 지경이 된다. 결과적으로 인지증을 앓는 사람은 거짓말을 하는 것처럼 보일 때도 있다. 그러나 정작 본인에겐 거짓말을 한다는 의식이 없다. 그리고 그의 기억엔 그런 말을 했다는 기록도 남아 있지 않다.

남편을 보면서 나는 좋은 습관은 젊어서부터 몸에 배게 해야 한다고 생각했다. 오랜 습관은 어제 오늘 만들어진 일이 아니므로 ‘잊지 않는다.’ 남편은 의외로 나와는 달리 차림새 관리를 잘하는 사람이었다. 침실을 나설 때는 꼭 잠옷에서 평상복으로 갈아입는다. 그런 버릇은 몸이 불편한 지금도 변함없다. 이제는 그만 편하게 집에서는 잠옷 차림으로 있어도 되는데 싶어도, 아침이면 반드시 시간을 들여 옷을 갈아입는다. 셔츠와 바지, 양말의 색이 맞지 않으면 맞는 것으로 찾아 맞춘다. 보는 이도 없는데 말이다. 왕년에 연상의 패션지 여성 편집자를 동경해 패션 평론가가 되고 싶었던 적이 있었다는데, 그 성향이 여태 남아 그런지도 모르겠다.

그런 사람이 또, 빨래는 못하게 한다. 벌써 빨지 않아도 된다고 우겨 그때마다 나와 말다툼이 난다. 나는 '속옷은 매일 갈아입는 것'이라고 진작부터 귀에 못이 박히도록 말해왔다. "지저분한 늙은이 옆엔 아무도 다가오지 않는다."고 매일 아침 빨래를 세탁기에 넣으라고 했다. 하지만 그렇게 생활하기 시작한 것이 육십이 넘어서이기 때문에 버릇 들이기에 때가 늦은 건지도 모르겠다.

어떤 이가 "나이를 먹으면 무슨 일이든 일어날 수 있다."고 했는데 이 의미심장한 말을 생각해보면, 빨래 좋아하는 나도 언젠가 더러움과 함께 진정한 자유를 맛보게 될지도 모를 일이다.

그 사람을 위한 공간을 배려한다

외출이 어려워진 환자나 고령자가 집에서 요양할 경우, 그 사람은 24시간 집안의 방 하나를 '독점'하게 된다. 물론 요즘 사람들은 각자 자기 방을 갖고 있는 경우가 많고, 또 자주 거실이라는 공용 공간에 나가거나 부엌 식탁에서 다과 시간을 보내기도 한다. 하지만 요양 생활을 하는 사람은 대부분 침대 아니면 그 주위 공간이 그의 '전 세계'나 마찬가지다.

남편이 은퇴를 하고 젖은 낙엽처럼 집안에 붙어 있는 것이 지겹다, 24시간 얼굴 마주보고 있는 것이 싫다고 하는 아내들이 꽤 있는데 그나마 건강하게 정년을 맞은 사람이라면 동창회라도 가고, 파칭코나 담배 가게에 나가는 일도 있을 것이니 낫다. 몸이 불편하거나 너무 고령인 사람은 그나마 불가능하므로 그 사람을 위한 공간을 제대로 만들어주지 않으면 당사자도 안됐지만 주위 사람들도 피곤해진다.

내가 나의 남편 미우라 슈몽에게 예상치 못했던 점 하나는, 아침에 일어나 옷을 갈아입고 그 길로 내내 기운도 없으면서 도통 누워 있으려고 하지 않았다는 것이다. 침대 옆에는 내 안마 의자가 있다. 일을 하다보면 어깨와 등이 쉬이 뭉쳐서 그것을 좀 풀어보려고 산 것인데 그 의자를 남편이 한나절 독점한다. 따라서 나는 그 의자를 사용하지 못하게 되었다.

그 안마 의자는 정원에 등을 돌린 방향, 그러니까 빛을 등지고 놓여 있다. 가끔 문안온 분들은 "아름다운 정원의 신록을 보지 못하는 게 아깝네요."라고 한 말씀들 하시지만, 빛을 등 뒤로 받는다는 것은 독서하기에 가장 좋은 상태이다. 나는 거기에 큰 맘 먹고 2미터에 가까운 엘이디 조명을 설치했다. 그것은 엄청 밝아서 마사지 의자에 앉아 있든 잠자리에 있든 이상적인 독서 광원이 되어주었다. 더구나 스탠드와 달리 코드가 없기 때문에 발이 걸릴 염려도 없었다.

사람이 몸이 약해지면 보통 TV를 보며 시간을 보낼 거라 생각하기 쉽지만 내 주변 고령자들에게 물어봐도 TV를 본다는 사람은 그리 많지 않다. 그 첫 번째 이유는 난청자가 많아 소리를 제대로 알아들을 수 없기 때문이다.

말이 나온 김에 부연하자면, 고령자들의 신체적 장애를 예방

하기 위해 청력 유지는 의외로 중요하다. 잘 듣지 못하는 사람은 치매도 빨리 오는 것 같다. 우리는 보통 정보의 홍수 속에 살고 있어 듣고 보는 정보에 따라 웃기도 하고 기가 막혀 체머리를 흔들기도 하며 흥분하다가도 '암튼 오늘은 자고 보자' 하며 묻어둔다. 하지만 그러한 자극이 어느 순간 딱 멈추면 정신의 활력은 아무래도 떨어지게 마련이다.

그럼 청력을 유지하려면 어떻게 하면 좋을까. 나는 의사가 아니니 말할 자격은 안 되지만, 개인적으로는 두개골 안의 혈류를 늘 좋은 상태로 유지하는 것이 방법이라 생각한다.

나는 피부 관리에는 관심이 없지만 그와 비슷한 정도의 금액을 림프 마사지에 투자했다. 50대 들면서 몸속 여기저기에 멍울이 생기기 시작했다. 당시 체온이 35.2도밖에 되지 않았는데 암이 발생하기 적합한 온도라고 한다. 마사지를 시작한 덕분에 몸속 멍울도 10년 동안 생기지 않고 체온도 36.5도까지 올랐다. 마사지를 할 때 어깨부터 목, 두피까지 어루만져준다. 두개골 안의 혈류를 잘 돌게 하면 상태가 좋지 않은 내 눈동자도 조금은 시력을 유지할 거라 생각한다.

나는 선천적 고도 근시로 50대에 수술을 받기 전까지는 남의 얼굴을 제대로 본 기억이 없다. 허나 인간의 기관은 유기적으로 보완 기능이 작동하게 되어 있어 나는 보이지 않는 대신 청각과 후각이 발달했다. 상대를 생김새가 아니라 소리로 기억했다. 또

한 젊은 시절 나의 후각은 거의 '개'에 버금가는 수준이었다. 남의 집에 들어서자마자 "오늘 이 댁의 된장국 재료는 토란이군요." 하고 맞출 정도였다. 두개골 내의 혈류를 좋게 해주면 청, 후각과 동시에 뇌의 기능과 치아 건강도 더불어 유지할 수 있을 거라고 난 기대하고 있다. 나는 사랑니 뺀 것을 제외하면 아직도 전부 내 이를 사용하고 있다. 이야기가 길어졌지만, 아무튼 청력 유지를 위해 더욱 신경을 써야 한다. 그것이 인지증 노인 발생을 줄이는 데 한몫할 것이다.

남편은 그러한 이유로 TV를 점차 보지 않게 되었다. 시아버지는 말년에 대부분의 시간을 야구 중계에 묻혀 사셨다. 프로 야구부터 고교 야구까지 일 년 내내 야구 또 야구였다. 야구를 하지 않는 시즌에는 스모가 그 틈을 메워주었다. 시어머니는 덕분에 환자 보기가 훨씬 수월했을 것이다.

안마 의자와 침대 이외에 남편의 베개 맡에는 낮은 수납장이 있는데 거기에 본인이 가까이 두고 싶은 물건들을 진열해두었다. 그 물건들은 2층 침실 베갯맡 상비품을 그대로 내려다놓은 것으로, 말하자면 그의 신단 같은 것이다. 수납장 위에는 시아버지가 번역하신 단테의 '신곡' 문고본, 애용하던 파이프, 어머니 젊은 시절의 얼굴 조각상이 놓여 있다. 그의 세례명인 성 바오로의 성화도 벽에 걸려 있다. 이런 것들이 있기 때문에 남편 주변에는 늘 태아를 둘러싼 따뜻한 양수 같은 공기가 떠 있는지도 모르겠다.

상식과 맞지 않아도 그대로 둔다

나를 위해 산 안마 의자를 남편에게 빼앗겼지만 이것이 의외로 효과 있는 가구란 것을 알게 되었다. 여러 가지 이유로 걷는 횟수가 줄어 당연히 운동 부족이 된 남편의 두 다리와 등을 그 의자가 주물러주기 때문에 어느 정도는 혈액 순환에 도움이 되는 것 같다.

거의 하루 종일 안마 기능을 사용하고 있어 나는 안마 볼이 닿는 부분의 피부가 상할까봐 걱정했는데 그래도 마사지를 하는 것이 편안하다고 하기에 말리지 않았다. 이러니저러니 해도 나이가 구순이다. 불합리한 처사가 보여도 그것으로 인해 곤란할 시간도 그리 길지 않다. 그럼 어떡하느냐, 현재의 상태가 상식과 맞지 않아도 그대로 놔두면 된다.

그의 침대에서 3미터 정도 떨어진 곳에 내가 사용하던 평범한 소파가 있다. 그것 역시 환자가 생기고 난 다음부터는 꽤 편리한 가구로 재평가받고 있다. 남편이 퇴원하고 한동안 나는 매일 밤 그 소파에서 잠을 잤다. 비행기의 퍼스트 클래스급 리클라이닝 기능이 있기 때문에 나름 푹 잘 수 있었다. 거기서 나는 한밤중 남편의 움직임을 관찰하기로 했다. 동물학자들이 밤중에 사자 같은 야생 동물의 생태를 관찰할 때와 비슷한 방식이다. 상대가 사자와는 달리 물어뜯을 염려도 없고, 아프리카 초원 위의 텐트와는 달리 내 소파는 아주 편안했기 때문에 '아이고 편하다'를 연발하며 나는 나 자신을 위로하기에 열심이었다. 소파 옆에는 예전엔 사용하지 않았던 이동식 탁자를 가져와 읽고 싶은 책이나 손볼 교정지를 올려두기로 했다. 그곳에 우주 기지와도 같은, 나의 작은 세계가 생겼다.

남편은 아침 6시 반경 식사를 한다. 스프, 과일, 콘플레이크, 온천 달걀 중에 그때그때 당기는 것을 먹는다.

10시쯤 의사에게 받은 단맛 나는 캔음료를 냉장고에서 하나 꺼내 마신다. 수분과 필수 영양소가 든 것이라 한다. 점심은 면류로 대신한다. 3시에 다시 음료 하나.

저녁에 목욕을 하거나 샤워를 한다. 입욕은 매일 하는 것이 아니라 일주일에 두 번. 그중 한 번은 전문 요양사가 와서 도와준다. 한 번은 내가 남편의 무게를 감당하지 못해 미끄러져 머리를 다친 적이 있다. 그때의 기억이 내겐 욕실 공포증으로 남았다. 그래서 나만 있을 때는 남편이 고양이 세수하듯 찔끔 샤워로만 끝내고 만다. '때가 조금 남아 있다고 죽지는 않아' 라는 나의 주문을 외면서 만족하기로 한다.

저녁 식사 후 나는 다시 내 소파에 앉아 독서를 하거나 교정지를 읽는다. 편집부에서 체크한 많은 수정 사항도 이 소중한 시간에 후딱 주를 달아 처리한다. 예전 같으면 기한도 정하지 않고 받아둔 채 시간을 질질 끌다가 마감 날짜도 확실히 말해주지 않았는데, 남편이 쓰러진 뒤부터는 비서도 놀랄 만한 속도로 정리하고 있다. 일하기에 적당한 환경이란 게 정해져 있는 건 아닌 것 같다.

이런 일을 하는 동안은 별다른 대화는 없어도 남편과 내가 가족다운 공기를 함께 호흡하는 비교적 귀중한 시간이다. 아마도 이 세상엔 딱히 부부 싸움을 하지 않더라도 서로 대화 없이 지내는 부부는 많을 것이다. 원고를 읽는 내 옆에서 시사 잡지를 읽는 남편이 더없이 편안한 것을 보면 아마도 '딱 그다운 좋은 시간'을 보내고 있는 것이라 짐작한다.

그 자리에서 나는 위성 채널을 볼 때도 있다. 내셔널지오그래픽, 애니멀플래닛, 히스토리채널 등을 보면 몰랐던 많은 분야를 배울 수 있다. 나는 가난, 문명 배척, 생존 능력을 시험하기 위해 황야, 극한 지역, 무인도 등지에 사는 사람들의 기록이 흥미로워

거의 공부하는 심정으로 심각하게 시청한다.

저녁 8시 반이 되면 남편에게 수면제와 생수를 건넨다. 사실은 약을 얼른 주고 해방되고 싶은 맘도 있지만, 최소한 8시 넘어서 먹으라는 말을 그는 지키지 못한다. 받아들면 곧장 먹어버리고는 동트기 전에 깬다. 그러니 싫으나 좋으나 내가 8시 반까지 약을 갖고 있다가 건네야 한다.

오늘은 무슨 요일, 지금은 몇 시, 손님 방문 시간 등은 아무리 말해줘도 기억하지 못한다. '근과거(近過去)' 의 일을 기억하지 못할 뿐더러 금주, 다음 달 같은 날짜의 경과도 정확히 가늠하지 못하는 것 같다. 어찌 보면 남편은 이 상태에서 '지루할' 게 없는 것이다.

과거에 베스트셀러 작가였던 지인이 있었다. 그는 TV 방송에도 자주 출연하여 고정 팬들이 많았었다. 하지만 그 사람도 차츰 오늘이 며칠인지, 어떤 모임이 언제 어디에서 열리는지 기억하지 못하게 되었다. 그런 상태가 지속되자 자연스레 작업 의뢰가 줄게 되었다고 한다.

우리가 가장 궁금했던 것은 그렇게 사람들에게서 점점 잊혀지는 것을 그 사람은 슬퍼할까 하는 점이었다. 출판사의 편집자가 통 연락이 없는 것을 알고 있을까? 그 이유를 궁금해하기는 할까? 편집자와 작가는 오랜 세월 함께 작업을 하다보면 단순한 비즈니스 파트너를 넘어 친구 같은 관계가 되기 때문이다. 그러나 그 사람은 과거 자신의 행동과 삶을 아주 깔끔하게 잊었다. 그러니 따분할 것도 없고, 불안도 없으며 원망도 기대도 없는, 차라리 안온한 경지에 이른 듯 보인다.

대화가 줄지 않도록 신경쓴다

예전에 노인 요양 시설을 견학하고 온 한 어르신의 표정이 좋지 않아 물었다.

"시설이 지저분하던가요?"

"아뇨." 그 어르신은 고개를 저었다.

"건물도 새로 지은 거고, 설비도 최신식입디다."

그분은 집에서 목욕할 때마다 이따금씩 불안할 때가 있다고 했다. 곧잘 삐끗해서 미끄러질 뻔하고, 집안 바닥 높낮이가 달라 이동하기 힘들어졌단다. 그분이 둘러본 노인 요양 센터의 큰 목욕탕은 온천 같아서 바닥도 완만하고 난간이 있어 이용하기도 쉽고 무엇보다 실내가 밝고 화사했다.

"노인 요양 센터의 식사는 맛없는 건 아닌데, 워낙 싱거워서 딱히 맛이랄 게 없다고 하는 사람들이 있던데요. 시식은 해보셨죠?" 하고 나는 식사 때문에 표정이 그런가 싶어 질문했다.

"아아 네. 내 입맛엔 아니었지만, 뭐 그런 데 음식이 다 그렇죠." 하고 이해하는 투다.

여기서 한 마디 여담을 보태자면, 어째서 프로 쉐프를 둔 노인 요양 센터의 식사가 별로 매력 없는가 하면, 맛이 너무 밍밍해서다. 맛이란 것은 지방에 따라서도 다르고 집집마다 다르게 마련이다. 일반적으로 관서지방은 싱겁고 관동지방은 진한 경향이 있다. 하지만 지방색을 차치하고도 노인 요양 센터의 급식이나 병원식이 맛없는 이유는 염분을 제한했기 때문이다. 소금을 넣지 않고 먹으면 건강에 좋다고 생각하는 사람들이 요즘 급속히 많아진 것 같다. 그러나 내 체험으로 말하자면 원인은 그것만이 아니다. 노인은 식욕이 떨어져 식사량이 줄거나 거르게 되고 아이스크림이나 홍차, 복숭아 통조림 류만 자꾸 찾게 되어 자기도 모르는 새 몸에 염분이 부족해져 심해지면 구토가 나기도 한다.

내 경우 더운 아프리카에서 지낼 때 가끔 그런 상태에 빠지곤 했다. 사람이 수분을 섭취하지 않으면 안 된다는 것은 잘 알고 있다. 나도 그랬다. 피로와 더위 속에서 물만 들이켰더니 식욕은 완전히 사라지고 급기야 구토가 올라왔다. 열이 나기도 했다. 문득 내가 아침부터 과일이랑 주스밖에 먹지 않았다는 데 생각이 미쳐 짭짤한 과자라도 하나 입에 넣으면 금세 구토 증세가 가라앉곤

했다.

음식의 간은 둘째치고 노인 요양 시설이 매력 없는 곳이라 느끼는 것은 그곳 입주자들이 입을 꾹 다물고 살기 때문일지도 모른다. 물론 그렇지 않은 시설도 있다. 어느 날 나는 약간은 호화스러운 노인 요양 시설의 입주자에게 초대받아 구내 식당에서 점심 식사를 함께한 적이 있다. 옆 테이블에는 우리보다 먼저 온 두 명의 입주자가 있었는데 나중에 들어온 남성 두 명이 자연스럽게 그 맞은편 의자에 앉아 합류했다. 그들끼리 나누는 대화의 내용은 들리지 않았지만 근처 식당에서 식사하는 회사원 같은 분위기였다.

식사가 끝나면 도대체 어떻게 헤어질지 너무 궁금했다. 그들은 식사를 마치고 거의 동시에 일어나 살짝 손을 들어 인사를 하곤 그만 각자 원하는 방향으로 뿔뿔이 흩어져 식당을 나갔다.

그들이 사라지고 난 후 나는 식사에 초대해준 사람에게 말했다.

"좋은 데 사시네요. 이곳에 계신 분들은 전혀 노인 같지 않아요."

"어째서요?"

"모두들 친근하게 대화를 나누시잖아요. 잠자코 식사만 하시는 분은 없는 것 같아요."

대화는 노화를 가늠하는 하나의 기준이다. 대화는 자기 안에 하나의 삶의 방식이 있음을 인식하고, 또 상대는 상대대로 다른 세계에 살고 있음을 의식할 때 가능하다. 그러나 노화되면 자기가 살고 있는 자리에 대한 자각이 없어지고, 상대가 사는 모습에 관심이 사라진다.

노인이 말수가 적어지면 그것은 하나의 위험 징후이다. 늙기 전부터 대화가 가능하도록 평소부터 버릇을 들여놔야 한다. 대화는 꼭 수준 높은 내용이 아니어도 상관없다. 다만 인간은 다른 이들과 어울릴 때 접점을 찾고자 집중하며 그것을 찾았을 때 사고를 원활히 하게 된다.

나는 어릴 때부터 냉증 때문에 겨울이 되면 이부자리가 차가워 잠을 잘 못 잤다. 그것은 혈류에 문제가 있기 때문이라 생각해 중년 이후 독학으로 배운 따뜻한 한방약을 복용하고 증상이 상당히 개선되었다. 다시 말해서 피가 잘 돌게 된 것이다.

대화도 마찬가지다. 어릴 때나 젊은 시절부터 너무 앞서가지 않는 자연스런 대화에 익숙해지기 위해 어휘력과 표현력, 자신을 지키는 용기, 약간의 지식, 겸손한 자세 등 모든 것을 익혀두지 않으면 노년의 생활을 원만하게 보내기 어렵다.

일본에서는 아이들에게 식사 때 '조용히 먹으라'든가 손님이라도 있으면 '어른들 말씀하시는데 끼어들면 안 된다'고 해서 대화의 의지를 애초부터 꺾어버리는 경향이 있다. 그러나 댄스든 대화든 조금씩 훈련해두지 않으면 몸과 머리가 굳어 움직일 수 없게 된다. 하루 종일 말없이 보내면 점점 더 뇌의 움직임이 나빠지는 것 같다.

지금 우리의 생활은 더없이 자유롭고 안온하다. 서로의 이해만 있으면 대체로 대화는 웃음 속에 끝나고 각자의 컨디션을 이전과 같은 수준으로 유지할 수 있다. 따라서 우리는 대화가 가능한 사람으로 노후를 맞아야만 한다. 집에서 가족들의 봉양을 받든, 노인 요양 시설에서 지내든 그 커뮤니티 안에서 '고마워요'라는 인사말을 습관처럼 하는 대화를 하는 것이 노인의 임무라고 해도 지나친 말이 아니다.

의료보다는 먹는 것

남편이 쓰러지기 한참 전부터 우리 부부는 우리의 말년에 대해 간단한 원칙을 정해두었다. 물론 가능한 건강을 유지하며 살자는 것이 기본 중에 기본이다. 그러나 제 입으로 음식물을 삼킬 수 없게 되었을 경우에도 위장 내 튜브 삽입 등의 처치로 연명하는 것은 아무리 생각해도 바람직하지 않다고 결론을 냈다. 수명만큼은 신이든 부처든 인간보다 훨씬 위대하고 뛰어난 존재에게 맡기는 것이 좋다고 생각한다. 그것이 인간 분수에 맞는 처신이다.

행여 암이라 진단을 받더라도 적극적인 치료를 하지 않기로 결정했다. 그래서 나는 60세부터 따로 건강 진단을 받지 않고 있으며 나라에서 해주는 폐암 대장암 검사도 받지 않았다.

"사회에서 암적인 존재는 실제로 암에 걸리지 않아."라고 악담 섞인 말을 하며 나의 건강을 보증해준 사람도 옆에 있고, "작가 중에는 암에 걸린 사람들이 많지만, 긴자의 호스테스 중에 암에 걸린 사람이 있다는 말은 들어본 적이 없어. 암이란 질병도 참 재밌는 게 중간 숙주에게는 나타나지 않아. 소노 씨는 호스테스가 될 만큼 상냥하지 않지만, 말하자면 중간 숙주적인 사람이니 걸리지 않을 거에요."라며 말도 안 되는 이론으로 힘을 준 사람도 있었다. 우리는 그런 엉터리 세상에 살고 있는 것 자체가 건강에 좋다고 느꼈다. 아무튼 나는 웬만큼 통증이 심하지 않는 한 병원에 얼씬거리지 않는 것이 건강한 삶이라고 믿고 있다. 그래서 내가 50세 이후 드나든 의료 기관은 안과(백내장 수술), 정형외과(양 다리골절 수술), 이비인후과(인후통), 치과(치통)가 전부다. 우리는 나이를 먹음에 따라 늙고 생명의 끈이 다 탔을 때 죽으면 되니, 이보다 더 간단한 이치는 없다.

말은 그렇지만 나는 사실 남편 살리기에 아주 열심이었다. 남편이나 나나 당장 죽어도 누구 하나 곤란해질 사람은 없지만 나는 남편이 곡기를 거부하는 것 때문에 심각하게 고민했다. 매끼니 어떤 음식을 내면 먹을까, 하는 문제로 엄청 신경을 썼다.

남편은 사람들과 식탁에 마주하는 것이 좋은지 식사 때엔 반드시 부엌의 좁은 테이블까지 나온다. 처음엔 자기 발로, 그 다음엔 보행 보조기를 이용해서, 병상 생활을 시작하고 1년 정도 지나고부터는 휠체어를 타고 나왔다. 옛날 자원 봉사를 한 경험 덕에 휠체어는 다룰 줄 알아 뭐든 서툰 남편치고는 자기 손으로 익숙하게 휠체어를 밀고 나온다. 그 정도만이라도 지금은 운동이 된다며, 나는 놔두었다.

74세에 골절로 입원하여 매일 재활 치료실까지 갈 때 대부분 환자들이 간호사들의 도움을 받는 데 반해 나는 꼭 직접 휠체어를 밀고 갔다. 동행자가 있는 인생의 여정은 물론 즐겁지만, 혼자만의 나들이도 때론 상쾌하고 자유롭다. 행동 반경이 좁아진 생활에서는 이 정도의 운동도 팔 근육을 쓰는 소중한 기회가 된다.

그러나 식탁에 앉아서도 남편은 "필요 없어.", "안 먹어."라는 말만 되풀이했다. 자기 앞에 놔준 접시와 대접들을 멀찍이 밀어 놓는다.

그나마 거르지 않고 먹는 것은 아침 스프, 마당에서 딴 귤로 만든 주스 정도로, 점심엔 면을 절반 정도 먹을 때도 있고 저녁에 장어를 내면 좋아할 때도 있었다.

나는 가족이 만든 것을 먹지 않는다는 것만으로도 가슴이 아팠다. 때론 화가 날 때도 있었다. 나는 남편이 남긴 것만 먹게 되었다. 구두쇠처럼 아끼는 성질은 남편뿐만 아니라 내게도 있었는지 모르지만, 나는 그렇게 손도 대지 않고 남긴 음식을 아까워 그대로 버릴 수가 없었다.

하지만 솔직히 말해 나는 면류를 싫어하기 때문에 남편이 남긴 것을 먹는 건 고역이었다. 특히 국물에 담긴 면이 제일 싫었다. 가게 앞에서 오랫동안 서서 기다렸다 라면을 먹는 사람들의 심리를 이해할 수 없었다.

나는 하루 중 꽤 오랜 시간을 남편이 조금이라도 먹을 만한 음식을 생각하는 데 할애했다. 아침에 눈을 뜨면 조식으로 무엇을 낼까 생각한다. 평소에 먹지 않던 특별식을 내면 먹을 때가 있었다. 송어초밥 두 점이라든가, 내가 만든 규동을 밥공기 절반 분량의 밥에 얹어주면 맛있게 먹었다. 아침을 먹으며 점심과 저녁에 뭘 낼까 궁리한다.

가끔씩 나는 남편의 식사를 전혀 신경쓰지 않는 척 놔둘 때가 있다. 예전엔 절대 그런 일이 없었는데 식사 중에 TV를 켜기도 하고, 그 TV 프로에 푹 빠진 척하며 남편이 먹는 것을 곁눈질했다. 내가 완전히 신경을 끄고 있으면 또 먹을 때가 있다.

먹지 않겠다는 것

내가 남편의 섭식만 생각하느라 지쳐 있는 것을 본 지인이 말했다.

"너무 그렇게 애쓰지 않아도 되지 않아? 자연스런 변화에 맡겨둬야지. 몸에서 당기지 않아 점점 더 먹지 않게 되면 그건 그런 대로 받아들여야지."

맞는 말이다. 자연스런 변화에 맡겨둔다는 것은 다시 말해 노쇠해가는 것을 받아들인다는 말인데 그것이 가장 자연스럽고, 본인에게도 편안한 임종 방식이라는 것은 최근 잡지나 주간지에도 곧잘 기사화된다. 그리고 이 세상에 죽지 않는 사람은 한 사람도 없다. 그 사실을 알면서도, 그리고 우리는 그 섭리에 따를 것을 100% 인정하면서도 나는 여전히 자연의 경과를 거스르고 있었다.

비록 그가 환자든 고령자든 먹고 먹지 않는 것은 순전히 당사자의 의지에 달려 있다. 보통 의지라는 것은 주위 사람들도 그것을 존중하고 본인의 선택에 맡겨두면 된다. 그러나 우리 집 아흔이 된 남편은 이미 스스로 할 수 없는 일이 많기 때문에 그마저도 맘처럼 되지 않는다.

본인은 원칙적으로 '필요 없다' '안 먹겠다'라고 하기로 정한 듯 식탁에 앉자마자 자기 앞에 놓인 접시를 앞으로 밀어놓는다. 식욕이 없다는 것은 삶에 대한 거부로 연결되니 부정적인 의미이기는 하지만, 어찌 보면 일종의 삶의 철학이라고도 할 수 있다. 그리고 나는 학자도 아닌, 평범한 한 서민의 철학을 어떤 의미에서 높이 평가하고 있다.

남편이 먹지 않겠다는 것은 말 그대로 물 한 방울 입에 대지 않는 것이다. 다른 사람 같으면 이쯤되어서 곧바로 수액을 준비하겠지만, 어쩌면 위에 튜브를 삽입해 연명하려고 하겠지만, 우리는 건강할 때 그런 삶을 선택하지 않겠다는 결단이랄까 합의를 해두었다.

나는 의사가 아니라 확실히는 모르겠지만, 튜브 삽입으로 환자는 꽤 오래 연명할 수 있는 것 같다. 우리 큰아버지가 그랬다. 의사였던 큰어머니는 나름 정성을 다해 '마녀 주스' 같은 액체를 조합하여 뇌출혈로 의식이 없는 큰아버지의 위장에 주입시켰다.

놀랍게도 큰아버지의 백발은, 내 눈에만 그런지 조금씩 검어지는 듯 보였다. 하지만 그렇다고 큰아버지의 의식이 돌아오진 않았다. 우리는 골골하든 어쨌든 간에 한 인간으로서의 나를 지키면서 사는 것을 노후 목표로 했기 때문에 입으로 먹지 못하게 되면 그것은 자연히 자멸의 방향으로 향하는 것이라 인정하고 있었다.

먹을 것이 있는데 식욕이 없다는 것은 기아로 고통받는 사람들이 보면 천국의 경지이다. 하지만 사실 심각한 기아 상태에 있는 아이들도 식욕은 없다. 나는 에티오피아에서 구호 물자인 죽을 무릎 위에 놓은 채 먹으려 하지 않는 아이들을 많이 보았다.

그 아이들도 더 이상 살기를 거부하려고 그런 것일까? 부모를 잃고 친척도 없는 아이들도 많았다. 그들은 성서에 나오는 '마음이 가난한 자' 였다.

이 말은 히브리어인 '아나윔' 이라는 단어에서 유래됐다고 하는데 그것은 학대받는 사람, 고통받는 사람, 가련한 사람, 가난한 사람, 온화한 사람, 겸손한 사람, 약한 사람 등의 뜻이다. 다시 말해서 아나윔은 국가, 부, 건강, 신분 등 모든 긍지를 빼앗기고 그 은혜를 받지 못했으며 신밖에 의지할 데가 없게 된 사람들을 의미한다. 그런 사람들만이 천국을 본다고 한다. 이것은 엄청난 역설이다.

에티오피아에서 기아로 고통 받는 아이들은 결코 소리 내어 울지 않았다. 그저 식욕이 없었다. 그것만이 그들의 현세에 대한 통렬한 거부 표현이었다. 살아갈 가치가 없는 현세가 있다고 그들은 뼈가 드러나보일 듯한 무표정의 얼굴로 대변했던 것이다. 하지만 우리 가족은 그렇지 않았다. 평안한 분위기에 필요한 것은 거의 갖출 수 있었던 삶을 살아왔다. 내 남편은 말년에 인간 조건의 기본적인 희구를 스스로 놓아버리려 하고 있다.

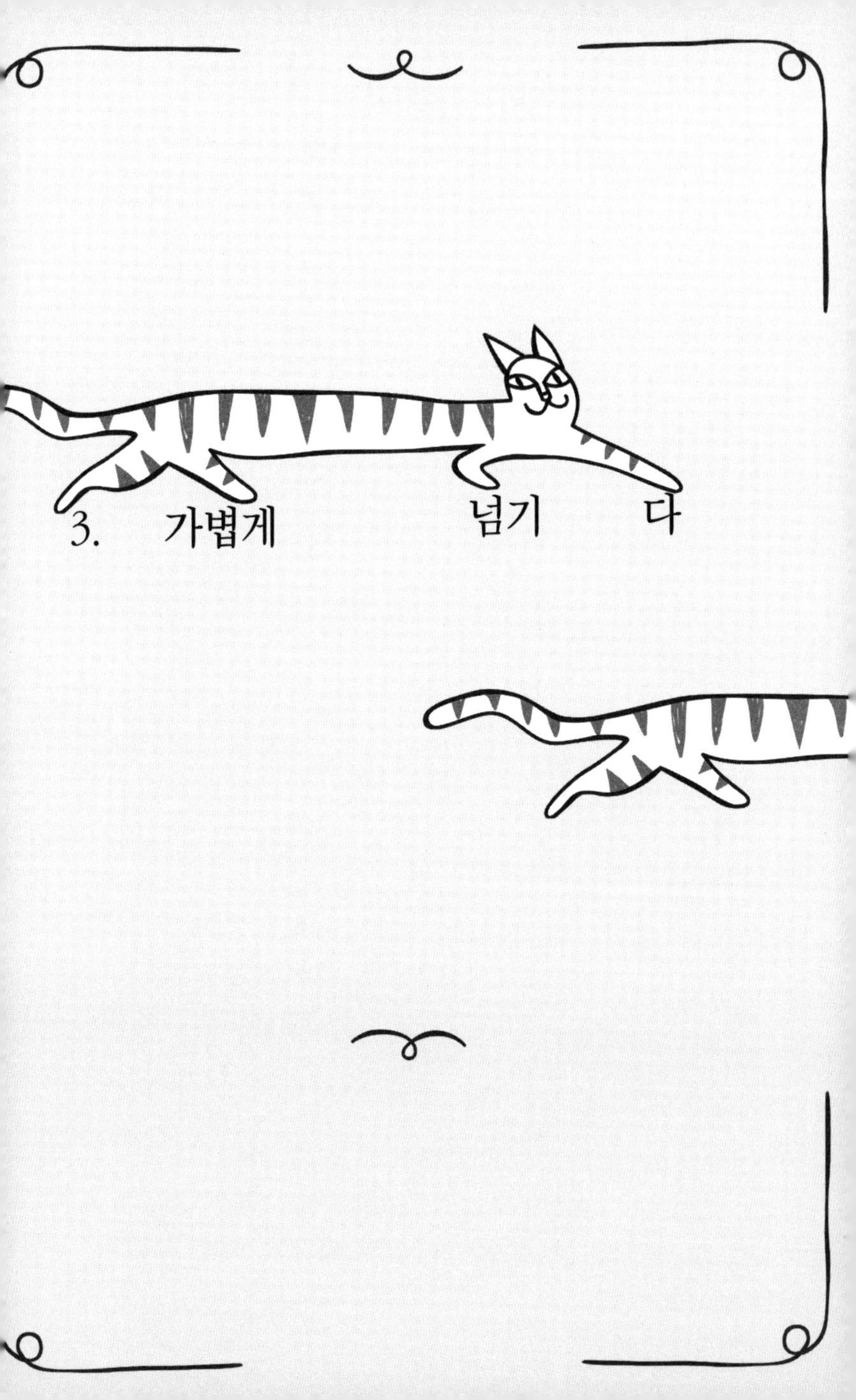

3. 가볍게 넘기다

새벽녘에 일어난 기적

공적 시설(노인 요양 시설)의 간병인들에 대해서는 내가 다 알지 못할 만큼 구체적인 자격 요건들이 있을 것이다. 그런데 사람들은 개인 간병인의 자격에 대해서는 그다지 생각하지 않는다. 일반적으로 노인이나 환자를 '집에서 돌보는' 경우, 그 간병인에게 필요한 것은 어느 정도의 힘이다.

힘, 이라고 쓴 데에는 함축적인 의미가 있다. 이 세상에는 실로 다양한 힘이 존재한다. 정치적 영향력, 성적인 매력도 모두 힘이다. 하지만 간병에 가장 필요한 것은 말 그대로 '완력'이다. 나에겐 그게 없다. 그래서 남편이 처음 쓰러졌을 때 적절히 도울 수가 없었다. 그날은 바깥 기온이 뚝 떨어진 날이었고, 게다가 새벽 4시 언저리였다.

남편은 예전부터 신문을 즐겨 읽는 사람이었다. 아침 일찍 깨어 있으면 대문 앞 신문함까지 가지러 가곤 했다. 남들 다 자고 있는 틈에 혼자 새 소식을 읽는 것도 나름 기분 좋을 것 같아 굳이 말리지 않았다. 그런데 그날 새벽에 신기한 일이 일어났다. 마침 그 전날 우리 집에 다니러온 지인이 1층 손님방에서 자고 있었다. 아흔이 넘은 나이에도 모든 감각과 판단이 온전한 분이었다. 새벽, 채 동이 트기 전에 그분은 현관 초인종 소리에 잠이 깼다. 순간 '전보가 온 줄 알았다'며 나중에 웃었다. 21세기에 웬 전보! 대문의 초인종이구나 생각했지만 잘못 들었겠지 하면서도 신경이 쓰여 일단 밖으로 나가보았다. 그랬더니 현관 문이 열려 있었다는 것이다.

그분은 밖으로 나가 전경을 살폈다. 현관문을 열면 마당으로 이어지는 계단이 5개 있다. 바로 그 계단 밑에 남편이 잠옷 차림으로 쓰러져 있었던 것이다.

그분이 부르는 소리에 나가보니 남편은 의식이 아주 없는 것은 아니지만 넘어지면서 이마를 부딪히고 팔다리에도 찰과상을 입은 상태였다. 아무튼 날씨가 차서 서둘러 안으로 옮겨야 마땅하나 스스로는 일어서지 못했다.

당시 남편이 어쩌다 쓰러졌는지, 원인이 무엇이었는지는 지금도 모른다. 두 달 후에 찍은 뇌 CT에 이상 소견은 없었다. 이날 이후 그는 몇 차례 더 넘어지고 그때마다 머리를 부딪혔는데 그 와

중에 생긴 것인지 피하 출혈 흔적이 나중에야 발견되었다. 하지만 그것도 차츰 흡수되었다.

암튼 당시 계단 밑에서 남편을 일으키려고 했지만 나는 힘이 모자랐다. 상체를 잡고 끌어올리면 되는데 그게 안 됐다. 그 추위에 방치하면 아무리 가운을 입었다지만 2차 피해가 일어날 수도 있었다. 그렇게 몇 분이 경과했을 무렵 오토바이 소리와 함께 신문함이 울리는 소리가 났다. 우리 집에서는 신문을 세 개 구독하고 있었는데 그중 하나가 배달된 것이다. 나는 배달부에게 달려갔다. 멀리서 보기에도 건장한 체격의 남성이었기 때문에 나는 이유를 설명하고 남편을 안으로 좀 옮겨달라고 부탁했다.

그 신문 배달부가 우리의 구세주였다. 지금 생각해도 신기한 우연이 아닐 수 없다. 초인종을 누른 것은 남편이 아니다. 신문을 가지러 간 시간이 10여 분 빠를 수는 있지만 매일 아침 신문을 가지러 가는 남편에게는 초인종을 눌러 가족 누군가를 깨울 필요도, 필연도 없었다.

초인종은 남편의 행동 선상에 없었다. 적어도 한 발짝 정도는 방향을 틀어 눌러야 하는 위치였고, 남편이 웅크리고 쓰러진 자리는 그럴 만한 거리가 아니었다. 쓰러진 후 남편은 자기 힘으로 일어설 수 없었다. 그러니 계단 위에 붙은 벨을 누르기란 언감생심이다.

그렇다면 대체 누가 초인종을 눌러 우리의 주의를 끌었던 걸까. 우리 가톨릭에서는 어릴 때부터 "사람에게는 눈에 보이지 않는 '수호천사'가 한 사람 한 사람에게 붙어 있다."고 한다. 그래서 우리는 위기의 절정에서도 부상 없이 헤쳐 나오거나, 중병에서 회복하는 것이라고 들었다. 신앙이 돈독한 가정에서는 아이들도 매일 두 손 모아 오늘 하루 눈에 보이진 않아도 곁에서 우리를 지켜준 천사에게 감사하도록 배웠을 것이다.

그런데 오랜 세월 나는 이 천사를 잊고 지냈다. 그날 새벽 나는 몇 십 년 만에 이 수호천사의 존재를 느꼈다. 벨소리를 낸 것은 수호천사였다.

나중에 나는 그 신문 배달부에게 감사의 인사를 하러 찾아갔었다. 아무튼 나는 쓰러진 내 남편을 부축할 힘이 없다는 것에 꽤 위축되었다.

나중에 간호사에게 들으니 환자가 욕실에서 쓰러진 경우에도 한 사람이 들어올리는 요령이 있다고 한다. 그것이 모자란 힘을 보충해줄 수 있는지는 몰라도, 일본 인구의 1/4 내지 1/3이 고령자가 된다면 환자와 간병인 모두 우리 집처럼 힘없는 노인이란 소리다. 정말이지 힘은 평화의 원천이다.

정리하고 버림으로써 숨쉴 수 있다

남편이 절반쯤 자리 보존을 하게 된 다음부터 나에게 가장 편안한 일은 바로 '쓰는 일'이 되었다. 그 전에는 상상도 못한 의외의 사실이다. 나이를 고려하면 당연한 것이지만, 내 체력도 눈에 띄게 떨어졌다. TV나 잡지를 보면 가끔 나이 들어서 점점 기력이 왕성해지고 회춘한 기분이 든다는 사람도 있는데 내 경우는 전혀 그렇지 않았다. 아마도 오래 앓아온 쇼그렌증후군 탓이겠지만, 나를 쇠하게 만드는 일등 공신은 몸 안에서 일어나는 통증과 가끔 발생하는 미열이다.

내가 겪는 나이에 따른 체력적 열세는 '남들만큼'이라고 할 수도 있고, 어쩌면 '인간적'이라고 할 수도 있을 것이다. 하지만 나는 이에 불복할 생각이 없다. 우리는 늘 '남들만큼'의 수준을 사회적으로나 경제적으로 추구하는 데 익숙하지만 말이다.

나는 점심을 마치고 세네 시까지 침대에서 낮잠을 자기로 했다. 내겐 정말이지 고마운 '짬' 이 아닐 수 없다.

내가 무슨 막노동을 하는 것도 아닌데 가족들은 모두 내게 좀 쉬라고 말한다. 잠자리는 언제나 뽀송뽀송하고 조용하며 전용 TV도 있다. 열이 나면 나는 만큼 푹 자면서 "졸려 졸려" 한다고 쿡쿡 웃은 적도 있다.

이렇게 쉴지언정 쓰는 일에 지장을 주는 경우는 없었다. 언제나 의자에 앉아 키보드 위에서 손가락만 움직이면 깨끗하게 원고가 작성되니 체력적으로 힘들 게 없다. 게다가 나는 아직 쓸 것이 없어서 괴로워한 적도 없다. 어떤 일이나 상황에서건 부자연스러운 걸 좋아하지 않아 쓸 거리가 떨어지면 바로 그만두겠다고 진작부터 결심했는데 다행히 나의 저작은 오늘까지 이어지고 있다.

글 작업은 체력적 약점을 굳이 의식하지 않아도 할 수 있는 일이다. 내가 하는 일이 밭일이었거나 손두부 만드는 일, 혹은 상점이나 여관 운영같이 손님을 상대해야 하는 일이었다면 쉬이 기운이 쳐지는 이 몸으로 계속하지 못했을 것이다.

작가는 게으른 사람도 할 수 있는 일이라고들 하는데 이 나이가 되어서 새삼 실감했다. 외출이 준 만큼 나는 일생을 통틀어 가장 빨리, 그리고 많은 글을 쓸 수 있다. 나의 머리는 행동이 부자유스러워진 만큼 초기 컴퓨터 수준으로 움직여 내가 할 일과 그 이유를 정리하고, 계획을 세운다. 서고에 가기 전엔 책 한 권만이 아니라 차기 작품에 필요한 자료까지 챙겨오게끔, 꽤 복합적으로 돌아간다.

나의 뇌뿐만 아니라 행동, 공간, 물질 모든 것을 정리함으로써 현재 나의 삶은 살 만해졌다. 필요한 것과 불필요한 것을 재빨리 구별하여 불필요한 것들(물건이든 감정이든 인간관계든)을 치워 버리는 것이 나를 숨 쉬고 살게끔 한다. 말하자면, 정리하고 버리는 것이 나의 취미가 되었다. 다 읽은 신문과 옛날 잡지는 계단 밑 정해진 공간으로 곧장 가져다 둔다. 낡은 자료, 옛날 편지들, 그 외 많은 것들을 고민 없이 재단기에 올려놓았다. 나는 거의 정리의 신이 되었다. 바닥에 물건들이 있으면 남편 보행에 방해가 된다. 따라서 집안에 물건들이 널려 있으면 안된다. 유도장처럼 휑한 상태여야 한다.

또 하나 보태자면 요새 나는 뭔가를 찾아다닐 기력이 없다. 냉장고 안도 차츰 비워 '남아 있는 것들'을 한눈에 알아볼 수 있게 했다.

며칠 전에도 케어 매니저가 집안을 살펴보러 방문해서 "환자를 위해 넓은 공간을 잘 확보하셨다."고 말해주었다. "넓은 집이라 이렇게 공간을 활용하실 수 있군요." 라고 말하는 사람도 있지만 사실 남편이 기거하는 곳은 원래 가족용 거실과 최대 열 명이 앉을 수 있는 식탁이 있는 식당이었다. 나는 50년 전 이 집을 지을 때 가능한 칸막이와 가벽을 세우지 않았다.

나는 파티도 좋아하지 않고 손님 대접도 귀찮아하는 성격이었지만, 우리 집에서는 오랜 세월 두세 달에 한 번씩은 모임을 가질 필요가 있었다. 내가 마흔 살부터 여든이 될 때까지 계속된, 해외선교활동후원회(JOMAS)의 운영위원들 열두세 명이 두세 달에 한 번씩 우리 집에 모여 해외에서 활동하는 신부와 수녀에게 보낼 후원금에 관해 미팅을 가졌다. 이 모임은 내가 처음 시작했는데 나중에는 나의 모교인 세이신여자대학 동문들도 참여해 후배에게 책임을 물려줄 때까지 40년 간 지속됐다.

그 모임을 우리 집에서 했던 이유는 기부받은 금액에서 회비, 통신비, 전화비 등을 일체 건드리지 않기 위함이었다. 그리하여 우리는 1년 간 모은 기부금을 오롯이 전액 목적에 쓸 수 있었다. 당시 나의 임무는 이 집에 열서너 명이 어떻게든 앉을 공간을 확보하는 것이었다. 식사 내용은 어묵이나 주먹밥과 돼지고기 된장국 등 간단한 것이었다.

그 시간에 사용했던 공간을 내놓았다는 것은 나로서는 더 이상 우리 집에서 손님을 맞이하지 못한다는 뜻이었다. 나는 그 세계를 스스로 차단한 것이다. 나는 옛날부터 무 자르듯이 딱 떨어지는 성격이라는 말을 들었다. 모든 것은 스쳐지나간다고 성서에도 나와 있다. 변화 없는 인생은 없다. 때로는 이 변화를 자연스럽다기보다 이의 없이 받아들이는 것이, '남들만큼' 사는 것이라 생각한다.

변하는 것과 변하지 않는 것이 있다

노인이 더 나이를 먹으면 성격이 약간씩 변한다. 내가 체감한 바, 둔감해지는 부분도 있고 어떤 면에서는 민감해지기도 한다. 남편의 경우만이 아니라, 나는 이미 30년 전에 친정어머니가 뇌연화(腦軟化)로 쓰러졌을 때 그 변화를 체험했다.

그 전까지 어머니는 상당히 총명하고, 주위 유혹에 흔들리지 않는 분이었다. 자신의 취향과 나름의 정의감도 있었다. 전쟁 중에 정부를 향해 정치적인 항의를 말로써 표출한 적은 없지만, 당시 적국의 언어라는 이유로 문부성에서 교육을 금지한 영어를 내게 사적인 통로를 통해 가르쳤다.

그런 것은 어머니 안에서 조용히 일어난 일종의 선택이자 절제였다. 어머니는 한 사람의 서민으로 지킬 수 있는 수준의 자유를 활용한 것이며 그 이상을 기대한 적은 없었다. 그런 어머니의 내면이 70대에 들어 설명할 길 없는, 미묘한 변화를 보이며 무너져갔다. 딱히 도덕이나 도리에 어긋나는 행동을 하게 되었다는 게 아니다. 건망증도 없었다. 하지만 상황을 받아들이는 데 있어 '어머니가 달라졌다'. 아주 곤란한 상황을 맞은 적은 없었기 때문에 나는 심각하게 받아들이지 않았다. 그러던 중 자료로 사둔 일반적인 의학 서적을 읽다 일부의 책에서 뇌동맥경화가 성격을 변화시킨다는 것을 알게 되었다. 하지만 그 항목은 많은 의학 서적 가운데 한두 권에 실려 있는 내용으로 모든 책에 다 나와 있는 것은 아니었다. 성격 변화의 정도가 가족들이 이따금씩 알아차릴 정도라서 그런지 돌이켜 생각하면 어머니의 성격이 달라졌다고 느낀 순간부터 뇌의 병변을 의심했어야 했다.

사람이 노년에 접어들면 달라지는 것이 일반적이지만 변하지 않는 부분도 있다. 남편은 젊을 때부터 불성실의 전형이었다. 절대 있는 그대로, 제대로 된 표현을 하지 않는다. 젊은 여자들에게는 꼭 놀리듯 농담을 한다. 행동으로는 못된 짓을 하지 않는데 입으로는 '불량'을 일삼는다.

그래서 우리 가족들은 늘 웃고 살았다. 세상 일을 늘 삐딱하게 보며 서로 이야기했다. 재미있는 것이 이런 언행은 나이 들어 몸이 약해지고 그에 따라 일련의 변화가 나타난 이후에도 변함없었다.

남편은 어느 날 갑자기 쓰러져 머리에 혹을 달고 오른쪽 눈 주위에 퍼런 멍이 들었지만, 사람들이 어쩌다 그리 됐냐고 물으면 오히려 기운을 차리고 더 생생해졌다.

"아아, 이거 마누라한테 맞아서 생긴 겁니다."

남들이 보면 나는 그런 짓을 하고도 남을 것처럼 보일 것이다. 하지만 나는 말씨는 사분사분하지 않아도 폭력은 쓰지 않는다. 어릴 적 가정 내 폭력을 경험한 터라 오히려 폭력적인 것에는 지레 얼어붙어 움직이지도 못한다.

남편은 나에 대해 악담하는 것을 좋아했다. 그러니까 그게 그의 취미이고 낙이다. 그런 점에서 엔도 슈사쿠 씨와 잘 맞았다. 주차장이 집 밖에 있었는데, 젊은 시절 내가 차를 타고 외출이라도 할라치면 남편은 볼일도 없으면서 쫓아나와 손나팔을 만들어 입에 대고는 이웃들을 향해 "내가 저녁엔 튀김 만들어놓을게." 하고 큰소리로 말했다. 이웃에게 내가 집안일은 제쳐두고 밖으로 나도는 여자라고 선전하고 싶었던 것이다. 참으로 우습게도 그러한 성격은 병을 앓고 몸이 쇠약해져서도 여전했다.

남편이 쓰러지고 얼마 안 있어 가와사키 시 노인 요양 센터에서 4층에 거주하던 입소자들이 잇달아 떨어져 사망한 사건이 일어났다. 높이 1미터 이상이나 되는 베란다 난간이 있었음에도 말이다. 체력이 약한 노인들은 설사 자살할 의도가 있었다 하더라도 난간을 타고 넘어 뛰어내리기란 참으로 어려운 일이다. 얼마 후 경찰들은 그 센터에서 일하던 젊은 직원을 범인으로 발표했다.

나는 아무리 노인이라도 시류에서 배제돼서는 안 된다고 생각했기에 "할아버지가 목욕 시간마다 싫다고 고집을 부려서 떨어트렸다."는 범인의 자백을 그대로 남편에게 전달했다.

"그것 봐, 목욕할 때마다 '오늘은 하지 않겠다' 고 투정을 부리면 4층에서 떨어트릴 줄 알아!"

우리 집 대화는 늘 이런 식으로 약간의 악담과 독설을 가미한 형태로 돌아갔다. 나는 남편이 목욕하길 싫어할 때마다 같은 말을 반복했다.

남편이 "우리 집엔 4층이 없잖아." 하고 대꾸하면 "얼른 돈 모아서 4층을 지을 거야." 하고 쏘아주었다. 그럼 또 남편은 피식 웃으며 "4층 집에 사는 사람들에겐 경고해줘야겠네." 하고 받는다.

남편이 쓰러지기 전 우리 집에서는 웬만한 특집이 아니면 식사할 때 TV를 켜는 일이 없었다. 식사는 가족끼리 이야기를 나누는 시간이고 이 세상 해프닝은 나중에 얼마든지 들을 수 있기 때문이다. 허나 남편이 쓰러지고 난 뒤 나는 말수가 줄어든 그를 위해 식사 때마다 TV를 켜놓고 뉴스를 보게 되었다. 그러는 게 사회와 단절되지 않고 평균적인 감각도 잃지 않으며 가벼운 수다 거리도 얻게 되어 남편과의 대화가 이어질 수 있을 것 같았다.

남편은 뉴스 보는 것을 좋아했다. 신문, 주간지, 종합지도 가져오길 기다렸다가 읽었다. 하루 걸러 책방에 차를 타고 나가 한국과 중국 관련 경제 서적을 사와 읽었다.

틈틈이 글을 쓰고 외출을 즐겼다

남편 수발을 들기 시작하면서 '글쓰기'가 내겐 제일 편한 일이라며, 어디에도 나가고 싶지 않다고 하니 친구가 "그거 우울증인데."라고 콕 집어 말해주었다.

우울증이든 뭐든 그렇다고 불편한 건 아니다. 하지만 나는 사육사가 가축에게 산책과 먹이를 빼놓지 않는 것처럼, 일정 시간 꼭 외출 계획을 갖고 있었다. 그것이 내겐 일종의 정신적 양식이었다. 그래서 남들에겐 내가 꽤 여유 있는 간병인으로 보일 수도 있을 것이다.

다행히 나는 기회가 주어졌을 때 어디서 뭘 하면 좋을지 모르는 사람은 아니다. 나름의 취미도 갖고 있다. 12월 중에는 오페라 '세비야의 이발사'를 보러 갔다. 이탈리아에서 지내는 가톨릭 교인 친구가 일본에 와 있는 기간이라 그녀와 함께 갔다. 그 사람은 언어도 통하고 오페라계의 동정도 자세히 알고 있으며, 로시니에 대해서도 조예가 깊다. 게다가 우리는 종교가 같아서 자유로운 입장에서 오페라를 즐길 수 있었다.

세비야에 간 것은 이미 반 세기 이전 여름으로 당시는 사하라 사막의 영향으로 프라이팬의 한가운데 있는 것처럼 열사의 땅이었다. 그 무렵 나는 불면증이 심했는데 그런 나약한 인간에게는 혹독한 자연 환경이 천연 치료제의 역할을 해주는 것 같다. 그 스페인 여행 덕분에 나는 최악의 불면 상태에서 한 발짝 빠져나와 자연체로서 그날 그날 임할 수 있었던 것 같다.

국립극장의 무대는 정말 흥미로웠다. 보통 유럽에서 상연될 때는 특수한 이탈리아어로 '매춘업소' 간판이 내걸릴 때도 있다고 이탈리아에서 온 친구는 말했는데, 이번 무대에서는 '환전소'라는 의미의 스페인어로 바뀌어 있었다. 일본 사람은 연극 세계에서도 타락을 인정하지 않는 걸까?

무대에는 가톨릭 성직자와 신학생도 마을 사람으로 등장한다. 양쪽 다 사람의 영혼을 구하는 인물들이다. 그러나 그 인간성은 본성에 가까운 상태로 공부가 짧아 주위 사람들이 뭐라고 하면 그저 입버릇처럼 "기쁨과 평화를!" 만 반복할 뿐 참된 영혼 구제는 하지 않는다. 그러면 마을 사람1이 "평화는 이제 지겨워!" 하고 받아친다. 이 대목은 지금도 당장 들을 수 있을 법한 대사로 이

것이 진정한 성인 연극이다. 가톨릭을 잘 알면 이 현실을 비꼰 대사에 웃음이 터진다.

덧붙이자면, 이 작품의 초연은 1816년으로 작곡가 로시니는 이미 발표한 곡을 다시 부분적으로 사용하기도 해(그러니까 일종의 돌려쓰기 방식) 비난을 듣기도 한다는데 누가 뭐라 악평을 하든 나는 이 작품의 서곡은 명작이라 생각한다. 성실함과 꼼꼼함만이 인생에서 풍요로움을 가져다주는 게 아님은 병수발 할 때와 마찬가지다.

신나게 웃고 오페라 관람을 마친 후 싸늘한 바람 속에서 택시 승차장에 줄을 서 있으려니 다리가 아팠지만 그것이 다 인생 아닌가 하는 생각이 들었다. 놀이라는 것은 사람을 관대하게도 하고 인내력도 부여한다.

그리고 그 이틀 후에는 극단 사계의 뮤지컬 '노틀담의 꼽추'도 보러 갔다. 사계의 배우들은 정말이지 베테랑들이지만, 이 작품은 각본이 좋지 않았다. 사랑은 소중하다, 와 같은 원론만 강조하고 중간중간 쓴맛 짠맛이 없어 나같이 인생의 쓴맛 단맛을 다 본, 오래된 사람이 즐기기엔 모자랐다. 바로 며칠 전에 본 '세비야의 이발사'와 비교되는 면도 없지 않았다. 그쪽은 어른들의 세계, 위험과 독소가 충분히 담겨 있었다. 하지만 이쪽은 곱디고운 고교 연극부 느낌이었다.

꼭 밖에 나가지 않더라도 나는 집에서 음악 듣기를 즐긴다. 나는 음악을 들으며 문장을 쓸 수 있다. 이것은 나로서는 얻기 힘든 재능이었는지도 모른다. 현세에서 탈출하는 일종의 바람기든, 중독성 강한 방법인지도 모르겠다. 듣기를 즐기는 데 비해 나는 음악 세계에 대해 자세히 알지는 못한다.

잘츠부르크 음악제에 참석한 적이 있다. 거의 모든 프로그램을 즐길 수 있었는데 당시 베를린 필을 지휘하던 사이먼 래틀 씨가 연미복에 운동화를 신고 무대에 오른 장면이나, 카라얀의 미망인이 새까만 목면 티셔츠 위에 화려한 다이아몬드와 에메랄드로 장식한 큰 브로치를 달고 들어선 것 등 음악과는 관계 없는 일들을 오래도록 기억하고 있다.

어느 한 광경만 손에 꼽을 것도 없이 모두 인생의 단편을 보는 듯하여 재미있었는데 나는 이 세계에도 집착은 없다. 나는 손바닥에서 물이 빠져나가듯 내게 주어진 운명을 늘 받아들이고 기꺼이 무릎 꿇기로 했다. 감사하면서도 나는 늘 현재가 가장 감동적이다.

오랜만에 집에서 낡은 CD로 카라얀의 시벨리우스를 들었다. '핀란디아'와 '투오넬라의 백조'. 나는 시벨리우스를 들으면 '인생을 납득한다'. '핀란디아' 안에는 인간의 육성과 비슷한 소리로 답을 주는 부분이 있다.

지금 마음에 가장 걸리는 부분은 남편의 섭취량이 너무 줄었다는 점이지만 우리는 사전에 미리 이야기하여 수액 등 처치를 받지 않기로 했다. 가끔 마중물처럼 주사를 맞으면 식욕이 돌아 올 때도 있어 그것마저 거부하지는 않고 있지만, 음식을 거부하는 것은 이제 생명을 거부하는 것이니 남편이 굳이 그런다면 그 또한 받아들여야 한다고 생각하고 있다. 그래도 나는 매일 남편에게 뭘 만들어 먹일까 고민하느라 피곤하다.

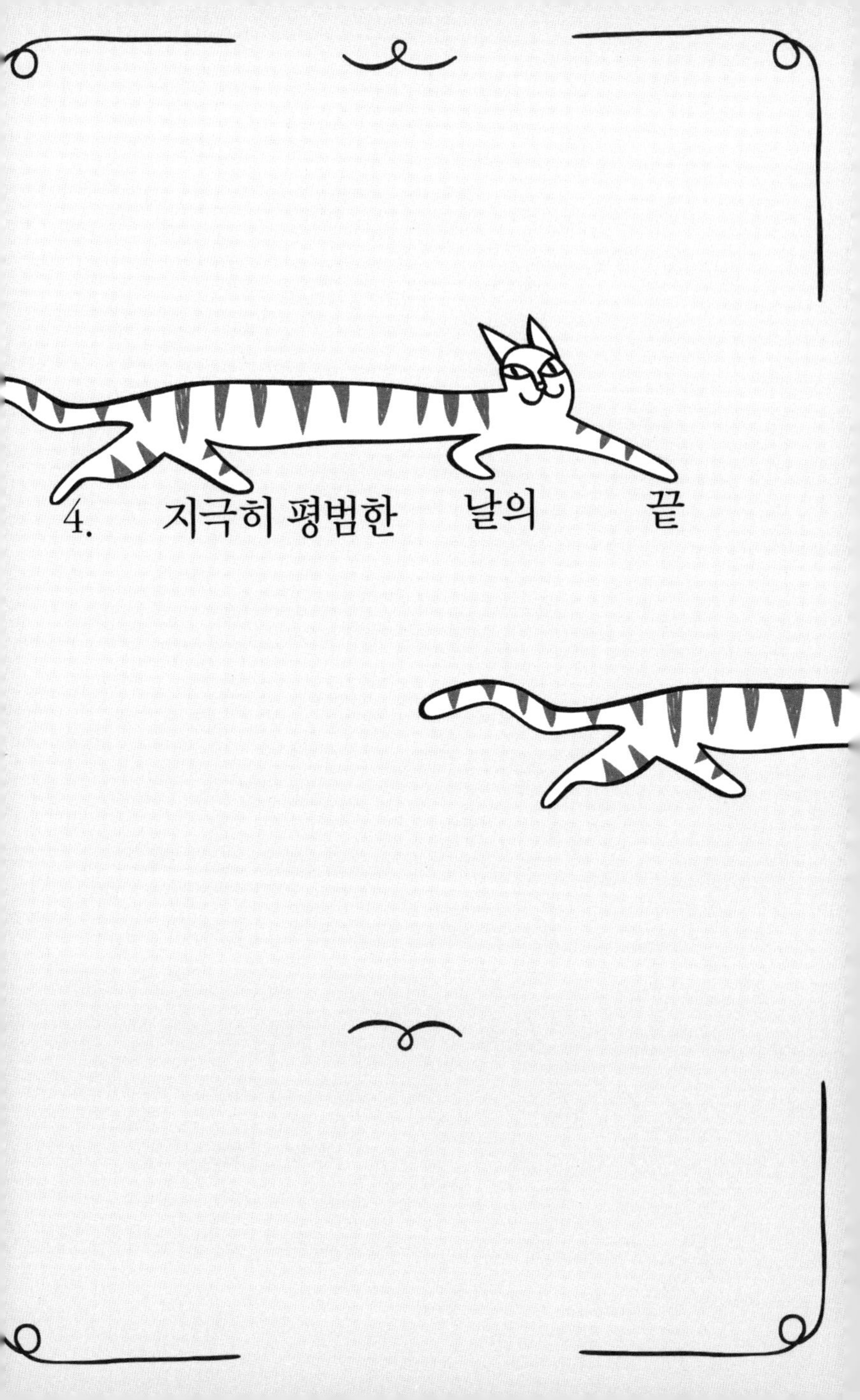

4. 지극히 평범한 날의 끝

마지막 9일

간호한 지 1년 하고 한 달 만에 집에서 남편을 간호하는 일은 끝을 맞이했다. 세상 모든 일은 예측 불가능하다는 평범하고도 깊은 진리를 새삼 확인하는 좋은 기회였다고 할까. 미우라 슈몽이라는 사람은 워낙 말이나 태도 모두 무정했지만, 말없이 옆 사람을 배려하는 성격이라 간병하는 내 체력이 한계에 달한 것을 보고 그만 스스로 이승을 뜨고자 했는지도 모르겠다.

내가 간병인으로서 급격하게 '도움이 안 되는' 상태가 된 것은 작년 10월 말을 기점으로 왼쪽 다리에 통증을 느끼면서 척추관협착증이라는 진단을 받았기 때문이다. 남편을 일으키려고 해도 팔에 힘이 들어가지 않았다. 왼쪽 다리를 절게 된 것은 불편했지만 인간이 몇 십 년 살면 그 정도 부분적인 고장은 당연하다고 생각했기 때문에 큰 문제로 여기지 않았다. 뿐만 아니라 나는 당뇨도 아니고 고혈압도 없다. 성격이 괴팍한 것은 타고난 것이니 어쩔 수 없다 쳐도 당장 하직해도 좋을 나이라 감사하기 짝이 없다.

나는 무슨 일이든 '지속적으로' 하는 것이야말로 임무를 속행하는 가장 큰 재능이라고 생각했다. 오랜 세월 그 직업에 종사할 수 있는 둔감하고 끈기 있는 성질이야말로 성공의 비결이다. 간호도 마찬가지다. 나는 남편 간호가 5년, 10년 단위로 장기전에 들 거라 예상했다.

그러나 대부분의 고형물을 입에 넣지 않게 된 지 한 달 후, 남편은 혈중 산소량이 극단적으로 떨어져 병원으로 이송되어 약 9일 동안 말기 의료 처치를 받았다. 결코 방치된 것도 아니고 자포자기하듯 죽음을 맞이한 것도 아니다. 남편은 충분한 의료 혜택을 받고 의식이 있을 때 아들 부부와 영국 유학 중인 손자 부부도 만났다. 마지막 밤엔 내가 병실 소파에서 같이 보냈고 화려한 아침 해와 함께 긴 여행을 떠났다.

응급실에서 병실로 옮겼을 때만 해도 작은 소리로 대화가 가능했기에 나는

"여보, 여긴 병원이야. 간호사들도 낯선 분들이 많아. 그러니까 집사람 험담은 처음부터 단단히 잘 일러놓지 않으면 안 통해."

라고 일러주었다. 남편은 그때까지도 자주 넘어졌고 그때마다 이

마와 눈 주위에 시퍼런 멍이 들었다.

"미우라 씨, 그 멍은 어떻게 된 거예요?" 하고 사람들이 물을 때마다 남편은 여전히 신이 나서 대답했다.

"네, 이건 우리 마누라한테 맞은 겁니다."

아내가 못돼먹은 여자라 자기가 학대받는다고 알려지면 여기저기서 동정을 받고 그 김에 관심도 많이 받을 것이라 계산한다. 남편은 젊어서부터 친구들 사이에 불량 청년으로 평판이 났기 때문에 그것은 진작 입에 붙은 수법이었다.

"마누라한테 맞았다."는 말을 들으면 처음에 사람들은 얼굴이 굳었다가 조금 지나서야 껄껄 웃는다. 하지만 이제 막 입원한 병원은 이런 험담이 통하기엔 너무 처녀지다. 그러니 열심히 떠벌이지 않으면 재밌는 장면을 볼 수 없다고 미리 귀띔해준 것이다.

그러자 저산소증으로 가만히 숨 쉬고 있기도 힘든 환자가 말했다.

"그건 너무 구닥다리니 새로운 것으로 하지."

그러니까, 짧고 명료하게 한 방에 쓰러뜨릴 만한 아내 험담도, 오래 울어먹는 것은 재미가 없으니 새로운 버전으로 바꾸겠다는 것이다.

그로부터 떠나기 전 일주일 동안, 혼수 상태에 빠지기 전까지 그는 때때로 평소의 그다운 면모를 보였다.

간호사가 들어와 도와줄 때 나는 "아리가또우(고마워요) 하고 인사 안 해? 아리가 니쥬는 어때? (또우는 일본어로 10이란 뜻, 니쥬는 20이란 의미—역주)라고." 한 적이 있다. 입원하기 전 남편은 근처 노인 요양 시설에서 단기 체험을 한 적이 있다. 거기서 젊은 간호사에게 배운 유행어가 아닌가 싶은데 그때부터 "아리가 또우(10)가 아니라 더 깊이 감사를 표할 때 아리가 니쥬(20)라는 젊은 애들이나 쓸 직한 농담을 했다.

내가 옆에서 채근하자 남편은 낮은 목소리와 온화한 표정으로 "아리가 욘쥬(40)."라고 했다. 감사의 정도가 곱절로 늘어났지만 그것도 자신만의 독자적인 수 감각을 담은 표현이었다. 그는 주위 모든 사람들과 사회 전체에 감사하고 있었다.

간질성 폐렴이란 병은 폐기능의 변질로 불치병이라 한다. 혈중 산소 농도가 모자라 가끔씩 의식이 혼탁해진다. 우리 집을 왜 그랬는지 고탄다(五反田, 도쿄 시나가와 구에 있는 동네—역주)에 있다고 자꾸 우겼다. 나는 몇 차례 더 겪은 후에 "고탄다에 있는 집에는 어떤 여자가 있는데?" 하고 물었다. '고탄다의 여자' 이름을 물었더니 남편은 입을 그만 다물었다. 그러고는 절절한 침묵 속에 몇 초가 흐른 후 남편이 입을 뗐다. "아야코 씨." 적당히 다른 이름 하나코 씨라든가 요우코 씨라고 대답했다간 나중에 혼구멍이 날 거라고 산소가 부족한 머리로도 생각한 것이다. 차마 환자라고 생각할 수 없는, 웃지 않을 수 없는 발언이지만,

그런 유머를 빼놓지 않는 대답이야말로 내 남편 슈몽 다운 반응이기도 하다.

연명 치료도 안락사도 반대한다

인간이 생의 끝을 목전에 두고 연명을 위한 의료 행위를 하는 것에 반대한다고 하지만, 우리 가족은 인간이 계획적으로 자기 생명에 종지부를 찍는 것에도 반대하다. 우리는 평소에도 자주 대화를 나누는 가족이었기 때문에 그런 점은 서로 세세한 부분까지 취향을 알고 있다. 인간의 계획으로 수명을 정하는 것은 신이 관여할 여지를 거부하는 것이다.

유럽에 사는 지인으로부터 직접 체험한 것은 아니지만 안락사에 이르는 과정을 들은 적이 있다. 먼저 현재 안락사를 허용하는 국가의 인접국 국경 마을까지 안락사 희망자를 가족들이 데려간다. 그리고 국경을 넘어 안락사 허용 병원(이전에 그 의지를 밝힌 병원)에 전화한다. 잠시 후 검은색 환자 수송 차량이 와서 환자를 데려간다. 그리고 오래 걸리지 않아 가족들에게 유체가 전달된다.

물론 나의 지인은 당사자가 아니기 때문에 그러는 동안 어떠한 절차와 서류가 필요한지까지는 이야기해주지 않았다. 아마도 추후에 법적 문제가 일어나지 않도록 몇 번씩 의지를 확인하고 주치의의 진단서와 당사자 동의서 등이 갖추어져야 할 것이다. 나는 이러한 인위적인 죽음 이야기를 듣고 왠지 수긍이 가지 않았다.

신앙의 깊이는 별개로 하고, 나는 가톨릭 신자인데 적어도 인간이 하는 모든 행위에 '신의 존재'을 느끼는 순간이 있다. 젊은 시절 내가 아는 몇몇이 수녀가 되었다. 일생 결혼도 하지 않고 세속의 삶과 떨어져 수도원에서 지내겠다는 맹세를 했다. 그와 같은 결심을 할 때는 반드시 신이 그 자리에 함께 있었을 것이다. 경찰관이 인명을 구조하기 위해 목숨 걸고 선로에 뛰어들 때도 마찬가지다. 어쩌면 결혼을 결심할 때도 현실적 목소리가 아닌 그러한 다른 소리가 들릴지 모른다. 내가 쉰이 넘어 아프리카에서 봉사하는 수녀들을 만난 적이 있는데, 왜 모든 것이 풍부한 일본을 떠나 시도 때도 없이 전기가 나가고 목욕물은커녕 마실 물도 없는 삶을 택했는지, 쉽게 이해할 수 없었다. "한 번밖에 없는 삶이야. 좀 편하게 사는 게 어때?" 하고 주변 사람들은 말하지만 이들은 휴가 끝나기가 무섭게 아프리카 벽지로 돌아간다. 신의 부름을 받았기에 그 외의 다른 곳은 선택하지 않는 것이다. 사람이 죽을 때도 그래야 마땅하다고 나는 생각했다.

연명 처치는 하지 않아도 된다고 남편은 늘 말했지만, 폐렴이 악화하여 산소 부족 상태에 빠져 구급차를 부른 적이 있다. 일반적으로 사용되는 산소 흡입기로는 분당 3리터부터 최대 5리터의 산소가 공급된다고 한다. 하지만 구급차로 이송된 큰 병원에서는 15리터의 산소가 공급된다고 나는 나중에 배웠다. 그럼 즉각 혈중산소량이 늘어난다.

그렇더라도 언젠가 임종의 순간은 오지만 그와 같은 의료 처치를 받은 후에 찾아오는 자연스런 죽음이라면 누구나 편안하게 받아들일 수 있을 것 같다. 할 수 있는 만큼 최대한 손을 써본 후 시험에 떨어지는 경우나 낙선하더라도 창작 콘테스트에 출품했다는 것만으로도 느껴지는 일종의 후련함과 비슷한 감각이다.

병실에는 다행히 보호자용 소파가 있었기 때문에 나는 아들 내외와 교대해가며 병실에서 밤을 보냈다. 어디든 가족(나 혼자지만)이 곁에 있는 것을 남편은 집에 있을 때부터 좋아했다. 집에서는 저녁 식사 후 내가 그의 침대에서 3미터쯤 떨어진 소파에 앉아 글을 쓰거나 책을 읽는다. 재밌는 프로가 있으면 TV를 보며 두세 시간 지낸다. 귀가 어두워진 남편과는 별다른 대화가 없지만 그에게 나는 일종의 눈에 익은 가구와 같은 존재로 그냥 그 자리에 있으면 마음이 놓이는 것 같다.

병원에서도 나는 의식이 혼탁한 그의 곁에서 집에서와 같은 평범한 밤을 보내려 했다. 소파에 누워 집에서 가져온 밝은 엘이디 스탠드를 켜고 책을 읽었다. 몸이 쇠약해지기 전까지 우리는 그렇게 저녁 후 시간을 보냈기 때문에 입원 후에도 변함없이 지내고자 했다. 나는 우리 인간이 죽음을 맞을 땐 지극히 평범한 어느 날 더없이 자연스럽게 맞이하는 것이 바람직하다고 생각한다. 떠나는 자도 보내는 자도 오늘이 마지막이다, 라고 의식하지 않는 게 좋다.

집에서와 다른 점이 있다면 병원 침대 옆에 설치된 모니터의 기본적인 알림을 파악하는 정도다. 남편의 임종 시 가족보다 더 바짝 붙어 보살펴준 간호사 히로코 씨에게 배웠다. 건조한 병실 내 공기를 집에서 가져온 가습기로 보충했는데, 한밤중에 2리터 이상의 물을 가습기에 채우고 시간대에 따라 세세하게 실내 습도를 조절했다.

나는 남편이 침대 위에서 (의식이 있을 때 말이지만) 달의 움직임이나 나카하라 간선 도로의 자동차 불빛이 생물처럼 흐르는 모습을 볼 수 있도록 커튼을 조절했다. 남편도 석양이나 일출, 도시의 정경을 보는 걸 좋아했다. 살아 있는 지구의 움직임을 바라볼 수 있다는 것, 그것도 하나의 호사다.

지극히 평범한 어느날 더없이 자연스럽게

24시간 점액을 주입하는 과잉 수액은 몸의 세포들을 익사시킨다. 가래가 분비되는 경우가 늘고 고통은 심해질 뿐이라고 전문가로부터 들은 것 같은데, 남편이 있는 대학 병원에서는 삶을 유지하는 데 필요한 최소한의 수액 양을 지키는 것으로 보였다.

임종이 가까워지자 뽑아내도 계속 분비되는 가래 때문에 고통받는 일이 없어졌다. 한밤중 한두 차례 목구멍이 그릉그릉 울리면, 나는 미안하지만 버튼을 눌러 간호사를 호출했다. 가래를 제거하기 위함이지만 처치를 해도 양은 그리 많지 않았다. 그때마다 링거에 달려 있는 비밀 박스 같은 것 안에 있는 버튼을 한 번 누른다. 그러면 모르핀이 소량 들어가는지 남편은 곧 편안한 상태가 되었다.

1월 말경, 병실로 남편의 폐를 찍은 사진이 도착했다. 그것은 폐 모양을 한 장기를 허연 무명천으로 덮어놓은 것 같은 이상한 모습이었다. 그것으로 폐기능은 거의 상실된 상태라는 걸 또렷이 알아볼 수 있었다. 보호자는 이런 단계를 거치고, 환자 또한 마지막 과정을 투병한다. 인간의 숙명으로 한 번은 완전한 패배를 체험한다는 것을 예측할 수 있다는 건 결코 나쁘지 않다. 그 단계가 없으면 인간의 자만은 끝이 없을 것이다. 역사 중 아무리 위대한 권력자라도 한 번은 생의 전투에서 지고만다. 그때 그 사람은 절대적인 '약점'을 지닌 인간이 되는 것이다.

2월 2일 밤에도 나는 병원에 머물렀다. 집을 나서기 전 목욕을 하고 가려고 했는데 남편이 위험한 상태라는 전갈이 와 그길로 뛰어나갔다. 혈압이 떨어졌는지 어쨌는지도 기억나지 않는다. 최고 혈압은 한밤중에 가끔 48까지 떨어지는 일이 있었다. 그러나 남편에게 변화는 없었다. 그때마다 자력으로 소생했다고 나는 느낀다. 어찌 보면 의미 없어 보이는 그의 전투를 나는 곁에서 지켜봐주어야 한다고 느꼈다. 그러한 변화를 참고 견뎌내는 것이 진지한 인생 그 자체다.

그날 밤은 평안했다. 나는 새벽 4시 반까지 잠깐 눈을 붙였다. 밖은 그때까지도 깜깜했다. 나는 잠깐 잠이 들었는데 6시 넘어서부터는 무음으로 NHK 뉴스를 보았다.

아, 어제 목욕도 못하고 그냥 집을 나왔구나. 그제서야 생각이 들었다. 목욕을 언제 했더라? 더듬어보아도 기억이 나지 않았다. 이런 생활이 계속되면 나도 꽤나 불결함에 무뎌질 거란 생각이 들었다.

그즈음 병동 복도에서 약간의 소리가 나고 창밖에 동녘이 언뜻거리기 시작했다. 병원은 여느 때와 같이 아침 맞을 준비를 하고 있었다. 7시가 넘으면 병원 일도 바빠진다. 그 전에 샤워라도 해두자고 결심했다.

나 자신도 최근 들어서는 게을러졌다. 나이가 들어 체력이 없어져 그런지, 쇼그렌증후군 때문인지, 욕조에 들어가면 몸이 늘어져 도통 일어나기가 싫다. 하지만 언제까지고 그렇게 입욕을 거부하고 있을 수만은 없었다. 그럼 때는 지금뿐이다. 간호사가 병실에 들어오기 전에.

나는 일어나 모니터를 주시했다. 가끔씩 48까지 떨어졌던 혈압이 그때는 63으로 올라 있었다. 나는 안심하고 목욕을 게을리한 나를 꾸짖으며 욕실로 들어갔다.

샤워 정도였기 때문에 5분도 채 걸리지 않았다. 나와보니 모니터에 빨간 경고등이 켜 있었다. 나중에 안 것이지만, 내가 보기 전에 이미 간호사 대기실엔 신호가 전달된 상태였다.

남편은 숨을 쉬지 않았다. 잠들어 있는 것처럼 보였는데 턱의 희미한 움직임이 완전히 멈춰 있었다. 나는 뭔가를 할 생각도 못하고 옆에서 그저 남편의 머리만 어루만지고 있었다.

나는 시계를 보았다. TV 화면에 표시된 시간은 6시 50분이었다. 큰 창 너머로 도쿄의 하늘 끝을 끌어다 얹은 듯한 후지산 꼭대기가 보이고 아침 해가 떠오르고 있었다.

간호사가 들어와 "방금 당직 의사를 불렀습니다." 하고 말했다. 병실에 있는 아무도 당황하지 않았다. 마침내 처음 보는 의사가 들어와 동공 반응 등을 살피고 사망 시각을 7시 12분이라고 말해주었다.

그러고는 한동안 내가 무엇을 했는지 기억에 구멍이 난 듯한데, 아마도 침착하게 있었을 것이다. 전투의 마지막을 이 청명한 아침으로 정한 것은 신이었다. 그때 남편의 명은 깊은 수긍과 인정하에 신의 품에 들었다는 걸 나는 느낄 수 있었다.

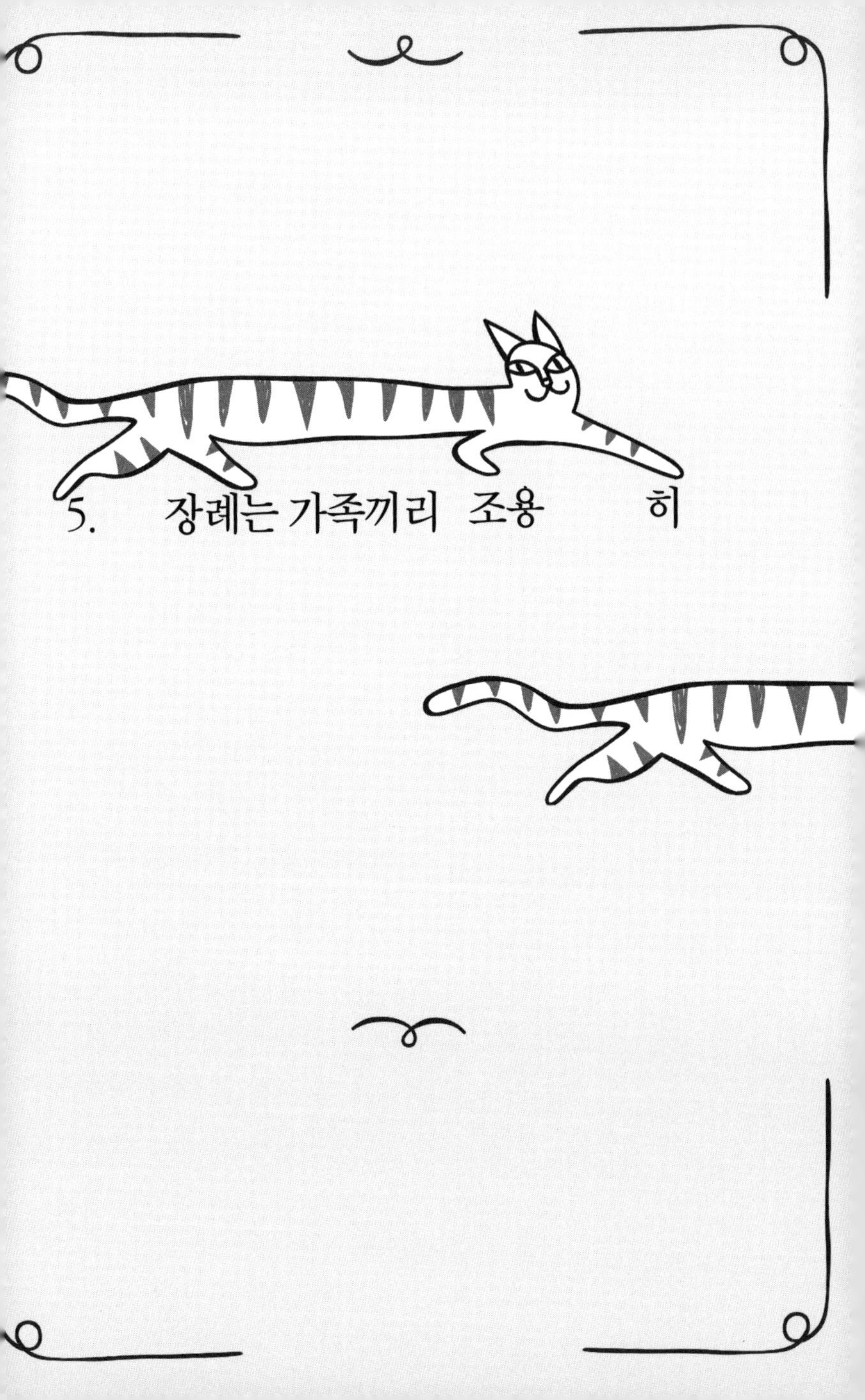

5. 장례는 가족끼리 조용히

남편이 떠난 날 아침, 예정된 진료를 받다

아들은 열여덟 살 되던 해에 나고야에 있는 가톨릭대학에 진학했다. 그 대학은 경영자인 신부들이 해당 지역민들을 바르게 선교하기 위해 문화인류학을 공부하고 마침내 일본에 세운 대학으로, 그만큼 학문적 기풍을 품고 있었다. 아들은 북경 원주민을 발견한 사람들 중에 그 대학을 세운 신부도 있었다는 것을 어릴 때 책에서 읽고 꼭 그곳에 가고 싶어했다.

주위 사람들로부터 외아들을 너무 멀리 보내는 것 아니냐는 말도 들었지만, 오히려 자식을 끼고 사는 것이 나중엔 자식에게 부담이 될 거라 생각했기 때문에 아들의 원거리 진학을 존중했다. 따라서 우리는 이미 40여 년 간 아들과 함께 살지 않았다. 손자는 고등학교 졸업 때까지 고베에서 자기 부모와 함께 살았다. 대학

시험을 보러 도쿄에 올라와 몇 년 간 우리 집 별채에서 지냈다.

이승에서 오래 함께 살 운명은 아니었던 두 사람이었다. 그건 누구의 탓도 아니다. 도시의 삶이라는 것은 시골에 사는 가족들과 달리 대가족 생활이 어렵다. 내가 농촌 생활을 동경하는 것도 마음속에 이로리(일본의 전통 난방 방식—역주) 곁에서 할아버지와 손자가 함께 지내는 생의 단편을 꿈꾸었기 때문인지도 모른다.

하지만 우리 손자가 몇 년 전 런던으로 떠날 때 남편은 "할아버지가 죽을 병에 걸려도 와보지 않아도 된다."고 선선히 말했다. 우리 가족에게는 누가 그런 자세를 강요한 것도 아닌데, 하나의 희망을 이루려면 보이지 않는 곳에서 희생을 치러야 한다는 믿음이 깔려 있었던 게 아닌가 싶다. 비행편이 발달한 오늘날, 오키나와든 큐슈에서든 조부모가 위중할 때 손자들이 때를 놓치지 않고 보러올 수 있지만 우리는 그렇게 생각지 않았다.

선택지는 늘 이거든 저거든 둘 중 하나다. 그마저도 이루지 못하는 운명의 사람도 있으니 하나만이라도 이룰 수 있다면 축복받은 입장이라고 생각했다. 혹은 옛날 유대인처럼 이 세상에서 하나를 얻으면 반드시 대가를 지불해야 한다고 생각했는지도 모르겠다.

남편이 떠난 날 아침은 정말이지 평소와 다름없는 평온하고 아름다운 겨울 햇빛에 싸여 있었다. 연락을 받자마자 아들 부부가 상경하고, 바로 전 해에 시아버지 장례를 치른 비서가 아는 장례사에 연락해주겠노라 했다. 나는 물론 남편과 함께 집으로 갈 생각이었는데 정신을 차리고보니 그날은 정형외과에서 등 통증 진료를 받기로 예약한 날이었다.

"예정대로 진료를 받고 오세요. 장례는 우리가 알아서 결정할 게요. 이제 아버지 일은 아무것도 걱정 마시고요." 하고 아들이 말했다. 그의 말이 맞다고 생각했다.

나는 9시 넘어 외래 병동으로 가는 길에 동창 한 명이 오늘 같은 의사에게 진찰받기로 했다는 말이 생각났다. 나는 14년 전에 발목을, 동창은 바로 작년에 다리 수술을 같은 의사에게 받았다.

마차 시대도 이런 식으로 마차 바퀴가 고장났을까 하는 이상한 생각이 들었다. 우리 연배가 되면 내장 질환보다 다리가 나빠지는 사람들이 더 많다. 나에게 걷지 못하게 되거나 팔을 못 쓰게 된다는 것은 실로 곤란한 일이다. 나에게는 "일하지 않는 자는 인간으로 사는 게 아니다."라고 생각하는 궁상맞은 기질이 있다. 다른 이를 볼 때 그렇게 생각하는 게 아니라 나 자신에 관해서는 그렇다.

내가 위에 '일한다'라고 한 것은 결코 소설 쓰는 일을 말한 게 아니다. 나는 자잘한 일상 생활이 안 되는 나 자신을 좋아할 수가 없다. 간단한 요리를 하거나 설거지를 하거나 바닥을 닦거나 우편을 부치거나 필요한 전화를 거는 일이 불가능하다는 것은 너무나 비참하다. 그래서 나는 약간이나마 나 자신을 일할 수 있는 인간으로 남아 있게끔 아무리 병원이 싫어도 가야겠다고 결심한 것이다.

그날 아침, 내 얼굴이 초췌했었다고는 생각지 않는다. 나는 적어도 5시 너머까지 잤다. 그만하면 충분한 시간이다. 게다가 나는 꽤 오랜 날들을 남편 옆에서 무사히 그를 보내주기 위해 살아왔기 때문에 오늘 아침 그 임무를 완수한 것이다.

한 사람의 생이 끝난 지금, 굳이 숨길 일이라 생각지 않았기 때문에 의사 앞에 앉아 "오늘 아침 이 병원에서 남편이 편안히 숨을 거두었어요."라고 말했다. 그런 일상적이지 않은 공기는 알 수 없는 파장으로 상대에게 전달되는지, 의사는 자기 부인이 현재 이 병원에 입원해 있는 중이라고 했다. 그것도 벌써 5년째 입퇴원을 반복하고 있다고….

누구에게나 인생은 예기치 못한 일들로 점철되어 있다. 91세 노인이 한순간 그 긴 생의 막을 내린 것은 나름 호상이라고 할 수 있지만, 장기 투병자를 가족으로 둔 젊은 세대를 보는 건 마음 아프다.

아무에게도 알리지 않기로 했다

나는 옛날부터 단체 행동에 휩쓸리는 것을 싫어했다. 거만한 성격 때문이었다고도 할 수 있고, 단순히 혼자 움직이는 걸 좋아한 점도 있었다. 그래서 빌딩 내 화재 훈련이라든가 선상 재난 훈련도 자주 빠졌다. 하지만 가족의 죽음에 관해서는 사전에 각오를 하는 것, 다시 말해 머릿속으로나마 예행 연습을 해두는 것이 상당히 효과적이라고 늘 생각했다. 나는 남편의 죽음을 그가 쓰러진 2015년 가을부터 이따금씩 생각해왔다.

당연한 일일 것이다. 남성의 평균 수명은 80세이니 그는 충분히, 일반인만큼의 인생을 그것도 아주 평온하게, 약간 고풍스럽게 표현하자면, '큰 후회 없이' 아니 오히려 '성공한 인생'이라 할 만한 생을 살았기 때문에 유족들이 당황할 일도 없는 것이다.

남편이 떠난 아침, 내가 정형외과 외래 진료를 받고 집에 오자 아들이 장의사와 막 이야기를 끝낸 참이었다.

"내가 다 끝냈어요. 전에 말한 대로 하면 되는 거죠?"

"응 그렇지."

나도 동의했다.

'전에 말한 대로' 라는 말은 약간의 오해의 소지가 있는데 우리 집에서 장례를 치르는 것은 이번이 네 번째다. 우리 집은 평범하다고 해야 할지, 요즘 세대치곤 보기 드문 가족 형태라고 해야 할지 모르겠지만, 이미 시부모님과 친정어머니 세 분의 장례를 매번 집에서 치뤘다. 세 분 모두 말년을 우리와 함께 지내고 병원을 싫어해 당신들의 바람대로 자택에서 임종하셨기 때문이다.

세 분의 부모님을 보냈을 무렵 남편은 그때까지도 공직에 있었고 출판사 등에 오랜 지인들도 많았다. 게다가 우리 집엔 작가가 둘이나 있다. 담당 편집자라면 작가의 부모나 배우자의 사망 소식에 가만히 있지는 않는다.

하지만 우리는 힘들고 바쁜 출판업 사정도 잘 알고 있었다. 마감일이 다가오면 무슨 일이 있어도 책임 맡은 원고만큼은 준비해 두어야만 한다. 그러니 그 속을 들여다보면, 담당 작가의 장례식에 나가 있을 여유는 없다. 따라서 우리 집 장례식은 아무에게도 알리지 않기로 했다. 집에서 가족들끼리 치렀다. 감사하게도 우리 집에는 방에 있는 가구들을 조금 치우면 적은 인원의 장례는

치를 수 있는, 10여 평의 공간이 생긴다. 아들이 '전에 말한 대로' 라고 한 것은 그 점을 가리킨 것으로 할머니 할아버지의 장례를 모신대로라는 말이다.

친정어머니가 83세, 시어머니가 89세, 시아버지가 92세로 돌아가셨기 때문에 메이지 시대 세대로서는 모두 장수한 셈이라 할 수 있다. 우리는 집에서 망자들과 직계 혈족인 조카, 봉양을 도와준 몇 분만 모시고 장례를 했다. 그것이 우리 집 장례의 원칙이 되었고 그런 방식을 우리는 좋아했다. 조용히, 번잡함 없이 서로 마음이 통하여 마지막 시기를 지켜봐준 사람들하고만 지냈기 때문이다. 아들이 정한 장례식의 형태도 그와 같았다.

비밀 장례식이기 때문에 문밖에 장례가 치러진다는 어떠한 표지도, 화환도 없다. 크고 대단한 제단도 필요없다. 워낙 기독교 장례라는 것은 관 위에 천을 덮고 그 위에 십자가와 촛불과 고인이 좋아하는 꽃을 두는 정도다. 장의사에서 가져온 관이 단순하면서도 고상한 것이어서 나는 아들에게 잘했다고 말해주었다.

"그거밖에 없었어요. 불교에서 쓰는 관하고는 달리 선택할 게 별로 없었어."

다만 남편은 키가 큰 편으로 관의 길이만큼은 조금 큰 것으로 주문했다고 아들은 현실적인 사정을 말했다. 장례의 중심은 사제가 주관하는 미사다. 우연히도 남편이 떠나기 몇 주 전에 내가 아는 구라하시 테루노부 신부님이 부임중이신 볼리비아에서 새해

휴가를 받아 귀국하셨다. 평소 같으면 내가 직접 만든 일본식을 대접했겠지만 올해는 간병하느라 힘들어 솥밥집에서 신부님과 점심을 함께하면서 "남편에게 만에 하나 무슨 일이 생기면 집에서 장례 미사를 올려주세요." 하고 부탁해두었다. 그것도 말대로 됐다.

사망 이튿날 2월 4일 저녁 장례는 남편이 마지막 1년 남짓을 보낸 방에서 치렀다. 볕이 잘 들고 마당의 작은 채소밭과 감나무가 보이며 '내가 저기서 만년을 보내고 죽으면 좋겠구나' 하고 노래하던 공간이다. 나의 이복 여동생 부부, 남편의 사촌, 고등학교 동창인 토사 요이치(土佐洋一) 씨가 와주셨다. 다른 동급생들은 너무 고령이라 출석한 것은 이분이 유일했다.

토사 씨는 우리 일가가 여러 가지로 신세를 진 분이다. 워낙 꼼꼼하지 못한 남편 곁에서 늘 그의 구멍을 메꿔주었다고 남편이 말한 적이 있다. 2006년 내게 발목 골절이 왔을 때 응급 전화를 받는 곳이 없어 쩔쩔 매고 있었다. 그때 남편이 토사 씨에게 전화하여 그의 아들인 야스요시 선생이 근무하는 쇼와대학병원에 입원 수속을 할 수 있었다. 나는 그 병원에서 부러진 여러 군데의 뼈를 이어 붙이고 사회에 복귀했다. 그 일을 계기로 '쇼와대학 마다가스카르 구순구개열 의료 협력 프로젝트'가 발족되어 성형외과의 야스요시 선생님이 매년 이 프로젝트의 리더로 모래 진흙으로 덮인 벽지 의료의 선봉에 서고 있다.

장례에 참석한 스무 명 남짓한 분들은 남편 인생에 깊이 관여해주신 분들이었다.

이렇게 밝은 분위기의 장례식은 처음

남편의 장례 전후를 생각하면 내가 남들과 너무 다르다는 생각에 적이 당황스럽고 부끄럽다.

입관 후 장의사 분이 "관에 함께 넣고 싶은 것을 넣으세요."라는 말을 했을 때 나는 당황했다. 아들도 순간 아무 말도 하지 못했다. 그 이유에 대해서는 서로 말해보지 않아서 같은 생각을 했었는지 어쨌는지는 모르겠지만, 장의사 분이 쩔쩔 매는 가족들을 위해 참고삼아 말해준 것은 "안경이라든가 만년필, 머그컵 등등 고인의 애용품이 있으시면…." 하는 것이었다. 하지만 나는 그것을 넣는 순간 남편이 할 말이 귓가에 울렸다.

죽어서까지 나한테 만년필을 쥐어주고 원고를 쓰게 할 셈이오?

나는 안경 같은 거 쓰지 않는 거 알잖아. 어스름할 적에도 맨눈으로 책을 읽는 거 몰라?

나는 끼니 사이에 차 같은 거 마신 적이 없어. 식사할 때 사용하던 컵 말이야? 그 까짓거 어떤 모양이었는지 기억도 안나.

우리의 반응이 어정쩡하니 장의사 분은 또 한 마디 보탰다.

"고인이 평소에 좋아하시던 것이라도…."

과자라든가 술이라든가 담배를 말하는 건가… 싶었지만, 술을 함께 넣어도 남편은 그런 '위안품'에는 동요되지 않을 인물이었다. 죽으면 더 이상 술도 필요없지, 할 게 뻔하다.

"좋아하던 거라곤 신문 잡지, 책들이라…." 나는 변명하듯 말한 다음에 덧붙였다. "내일 아침 관을 닫기 전에 조간 신문을 넣겠습니다." 이건 그저 장의사 분에게 하는 변명이었다.

남편은 늘 캐주얼 스웨터에 바지 차림이었다. 죽어서도 같은 차림이었다. 스웨터는 비서에게 생일 선물로 받은 것이었다. 원체 양복을 싫어해서 TV에 양복을 입고 나오는 사람이 있으면 "이렇게 더운데 잘도 양복에 넥타이까지 매고 일을 하네." 하고 혀를 찼다. TV 화면에 나오는 사람들은 마루노우치 근방 일류 회사에 근무하는 회사원들이든 관청 사람들이든 정부 각료들이든 남편에겐 모두 매한가지였다. 내가 보기엔 모두 성실하고 유능하게 일하는 사람들이었다. 그들에 비해서 자기는 게으름 피울 수 있는 것이 무엇보다 기분 좋았던 사람이다. 그러니 아무도 그런 사람에게 양복을 입혀 보낼 생각은 안 하는 게 자연스러운 일이다.

관 안의 남편의 얼굴은 (누구나 자주 하는 말이지만) 아주 건강한 표정이었다. 팽팽하고 젊어 보였다. 전혀 앓던 노인으로는 보이지 않았다. 남편은 보통 물만 살짝 묻히는 정도지 제대로 얼굴을 씻지 않았는데 그때만큼은 남이 깨끗이 닦아 주었기 때문에 몇 년 만에 때를 벗겨낸 얼굴이어서 그리 훤해 보인 거라 생각한다.

"엔도 슈사쿠는 종전 선언한 날부터 세수를 안 했대."

남편은 그 말을 몇 번이나 하고 그것이 허용되는 엔도 씨 집을 부러워하는 구석도 있었는데, 아가와 히로유키(阿川弘之, 1920~2015, 소설가 및 평론가—역주), 엔도 슈사쿠, 그리고 미우라 슈몽 사이에 오가는 이야기라는 것은 모두 곧이 들으면 바보 취급 받을 만한 말들이라 나는 한 귀로 듣고 한 귀로 흘린다. 그들은 일상생활까지 완전히 창작 세계로 살아가는 작가들이었다.

나는 그날 밤 늦게 짧은 편지를 한 통 써서 남편의 스웨터 안쪽에 넣고 관 뚜껑을 닫을 때 약속대로 그렇게나 아침마다 기다렸던 조간 신문 한 부를 넣었다. 관 안에 많은 '물건'들을 넣으면 소각 기능이 떨어진다고 배웠기 때문이다. 관에 넣은 신문은 그의 사망 소식을 게재한 신문이었기에 그의 가슴 언저리에 그의 사진이 나와 있었다. 누군가 그것을 보고 웃었다. 결코 비웃음이나 피식거림은 아니었는데, 이렇게 웃음을 자아내는 사자(死者)의 존재 역시 한 편의 콩트 같았다.

남편의 고별식에 해당하는 연미사는 사망 다음날인 2월 4일

저녁에 했다. 누군가 그날이 입춘이네요, 하는 말을 듣고 나는 남편도 오늘부터 봄이 온다고 좋아하겠구나 생각했다.

볼리비아에서 귀국하신 구라하시 신부님이 약속대로 와주셨다. 바쁜 시간을 쪼개 요시무라 사쿠지 씨가 친척도 가족도 아닌 지인으로 유일하게 참석했다. 과거에 남편은 요시무라 씨와 그 동료들을 외국에서 만나 꼭 대접하겠다고 하면서 저녁 시간까지 드라이브를 하는 동안 일류 레스토랑에서 점점 격을 낮춰 결국 맥도날드 햄버거를 먹게 해 고약한 개구쟁이라고 욕을 먹은 적도 있다. 그러나 사실 남편은 요시무라 씨처럼 이집트 유물 발굴에 자신의 꿈을 내건 사람에게 깊은 신뢰와 존경의 마음을 품고 있었다.

신부님의 장례 미사는 실로 유니크하게 진행되었다. 참석자 중에는 우리 집 비서처럼 가톨릭 신자가 아닌 사람도 있었기 때문에 신부님은 인간의 죽음은 결코 생명의 소멸이 아니라 영원을 향해 가는 새로운 탄생이라는 점을 설교 중에 피력하셨다. 그 말씀을 못 받아들인 사람들도 있을 테지만, 그것은 개개인의 자유다. 이 사상은 사실 가톨릭 신자들 안에 있는 것으로 사망일은 '디에스 나탈리스(태어난 날)' 라는 라틴어로 불리운다.

그 다음 순서로 기타 실력이 남미 사람처럼 수준급이신 신부님은 갑자기 제복 안에서 하모니카를 꺼내 '해피 버스데이 투 유' 를 불어주셔서 우리는 모두 합창했다. 미사가 끝났을 때 "이렇게 밝은 분위기의 장례식은 처음" 이라는 사람도 있었다.

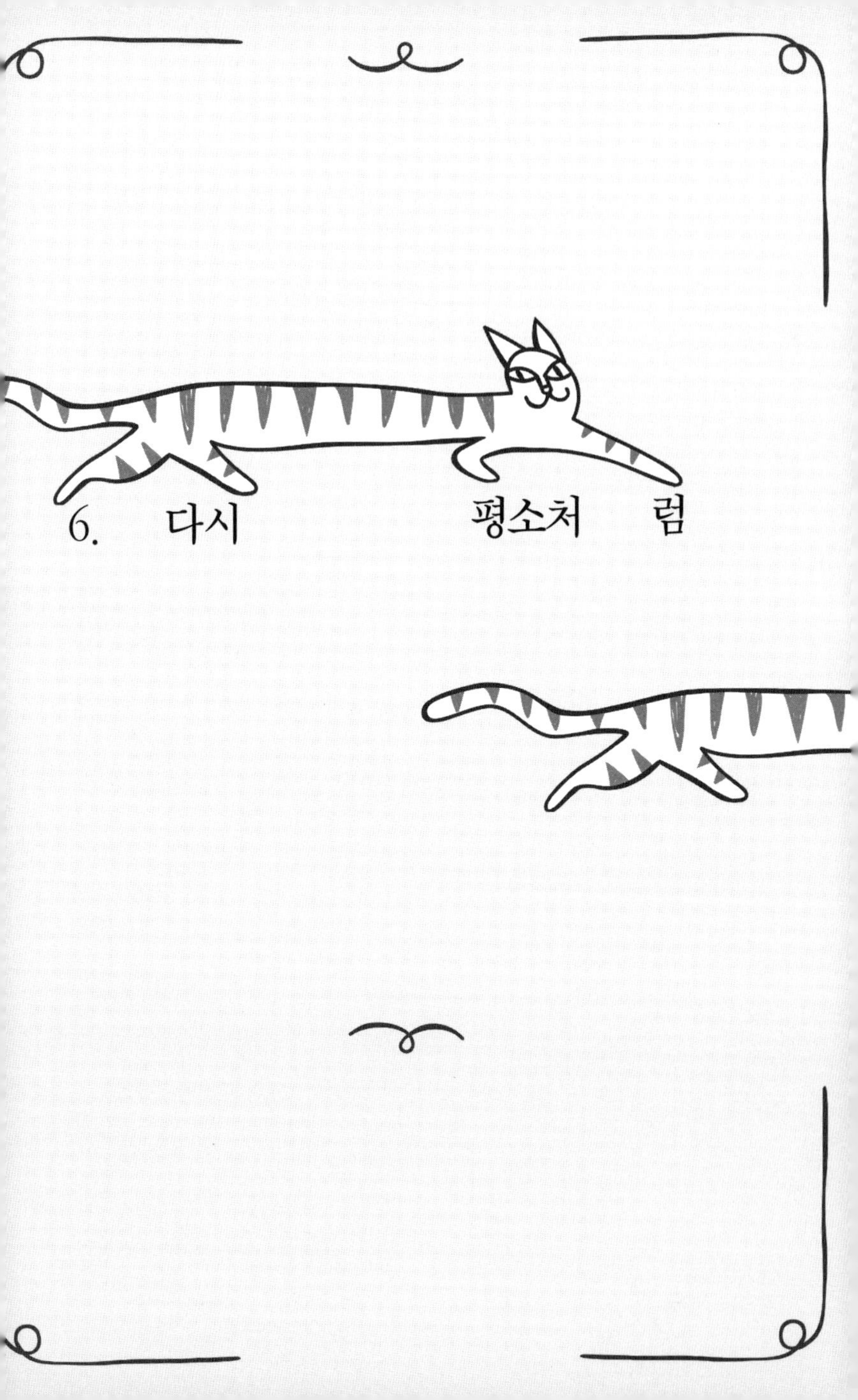

6. 다시 평소처럼

오페라를 보러 안 간다고, 내가 살아 돌아갈 것 같아

가족이 죽으면 사람들은 유족에게 "허전하시지요." 하고 말을 건네곤 하지만, 문필가들 세계는 가릴 것 없이 속엣말을 하기 때문에 내게 "미망인이 되면 어떻게 변하나 보고 싶네." 하는 사람도 있었다. 남편이 죽은 후, 아니 의식을 잃었을 때부터 나는 남편의 목소리와 함께 살고 있었다. 뭔가 망설이게 되는 순간이 오면, 남편이 건강했더라면 이럴 때 어떻게 말했을까, 하고 생각하게 되었다.

남편이 입원 중에 고토우 류 씨(1988년~, 미국에서 태어난 일본인 바이올린니스트—역주)의 콘서트를 들으러 갔었다. 사망 사흘 전이었지만, 아무도 '사흘 후'에 일을 맞게 될 줄은 몰랐다. 나는 남편의 투병이 장기전에 들 거라 생각하고 요양용 침대를 주문해둔 상태였다. 내 걱정은 그저 잘 자고 있던 남편에게 갑자기 호흡 곤란이 와서 괴로워하면 어쩌나 하는 정도였다. 물론 그와 같은 급박한 상황은 가족이 곁에 있다 한들 어떻게 할 수 있는 일도 아니다. 환자의 상태는 모니터에 시시각각 나타나 간호사 대기실에 통보되도록 되어 있다. 그럼에도 불구하고 그날은 내가 없는 동안 며느리가 병원에 있어서 외출할 수 있었다.

나는 남편 사후 엿새째에도 오페라를 보러 갔다. 이 두 경우 모두 남편의 목소리가 들렸다. 콘서트의 경우는 "치즈코(나의 본명)가 옆에 있다고 내가 낫겠어?" 였고, 오페라의 경우는 "오페라를 보러 안 간다고 내가 살아돌아갈 것 같아?" 였다.

아주 없는 이야기를 하는 게 아니다. 34년 전 친정어머니가 돌아가신 것은 한밤중이었다. 어머니는 각막 제공을 신청해두어서 내가 병원에 연락해 새벽 2시경에 소형 냉장고를 든 사람이 어머니의 안구를 받으러 왔다. 그런 저런 진행이 일단락되고 나는 주변 사람들의 권유로 한두 시간 눈을 붙였다가 아침을 맞았다. 그날 오전 중에 나는 그다지 멀지 않은 지방이지만 강연이 잡혀 있었다. 남편은 모친의 죽음은 아무에게도 말하지 말고 강연에 다녀오라고 했다. "자기 개인 사정으로 공적인 일에 지장을 주어서는 안 되지. 평소처럼 살면 돼." 하고 그는 말했던 것이다.

맑게 갠 겨울 아침이었다. 나는 기차역 승강장 하늘 위로 어머니의 얼굴을 그려보며 "어머니는 오늘부터 어디든 갈 수 있네요.

나랑 같이 가요." 하고 혼잣말을 했다. 어머니는 몇 년 동안 외출을 하지 못했고 그나마도 마지막 얼마간은 쭉 자리 보존 상태에 가까웠다. 나는 어머니가 돌아가신 후엔 나와 함께 어디든 외출할 수 있구나, 하는 실감이 들었다. 그것은 후천적으로 실명한 사람이 죽으면 좋은 시력을 갖고 저세상에 들 거라 생각하는 것과 비슷한 이치다. 나 자신도 한때 맹인에 가까운 시력으로 떨어진 적이 있어서 죽으면 보게 된다는 기분을 잘 이해할 수가 있었다. 남편이 죽은 후 나는 그의 모습을 보았다고 생각한 적은 없으나 이렇게 그의 목소리 비슷한 것은 늘 곁에서 들을 수 있었다.

나는 그가 죽은 다음부터 놀라울 정도로 빨리 집안을 정리했다. 남편의 옷은 산야(山谷, 도쿄 도 다이도 구의 한 동네—역주)의 한 알콜 의존증 환자 재활 센터에 기부하고, 하는 김에 내 물건도 많이 내놓았다. 집안은 이제 휑해져서 무슨 도장 같았다. 욕실의 병들과 튜브 제품들도 정리하고 신발장도 정리해 새로 사 넣으려면 30켤레는 사야 할 정도로 비었다.

그러한 행동의 배후에는 남편의 목소리가 아니라 남편의 희망 같은 것이 있었다고 이해하기로 했다. 물건들을 어질러두면 남편이 "내 마누라가 이렇게 정리를 못하는 여자였나!" 하고 키득대며 말할 것만 같았다. 하지만 현실의 미우라 슈몽이라는 사람은 집안이 어지럽혀 있든, 꽃꽂이를 장식해두든 전혀 신경쓰지 않는 사람이었다. 나는 꽃을 좋아해서 정원에 꽃을 심고, 작은 화단도 만들었지만 남편은 "나는 먹지 못하는 것엔 관심없어." 하는 성격이었다. 그래서 집을 정리한 것은 남편의 취미가 아니라 그의 유지(遺志)를 내 맘대로 해석한 것이다.

나는 내가 죽기 전까지 책 이외의 사적 소유물을 가능한 정리해두어야 한다는 생각이 있다. 책은 남편과 아들과 손자의 전공에도 일말의 연관이 있기 때문에 손대지 않겠다.

나는 배짱이 없어 미리 준비해두는 성격이다. 내 수의도 10년 전에 싱가포르에서 사두었다. 말레이어를 하는 사람들이 입는 소매 긴 평상복으로. 사두고 나서는 꺼내본 적이 없기 때문에 순백색이 누렇게 바랬을지도 모르지만, 그럼 또 어떤가 어차피 입고 밖을 돌아다닐 것도 아니니 상관없다. 아무튼 나는 그 옷을 기꺼이 갖추어 놓았다. 나는 우리 전통복보다 말레이나 인도네시아 등지의 여성들이 입는 옷이 잘 어울리기 때문에 일본에 있을 때도 집에서는 늘 입고 있었다.

나다움을 잃지 않고 말끔히 정리한 후 가능한 단정하게 이승의 삶을 마무리하고 싶은 게 내 희망이다.

눈에 익은 공간 그대로, 전과 다름없이 생활한다

남편이 떠난 후 내 생활에 변화가 있냐는 질문을 몇 번이나 받았다. 나는 친구들에게 "아니, 전혀." 하고 대답했다. 확실히 물건들을 많이 버렸기 때문에 집의 수납 장소는 빈 곳이 늘었다. 거의 텅 비었다. 이런 상태를 "집안이 엉성하게 틈이 많이 생겼다."고 표현했을 때 나는 그것을 일종의 자랑 거리로 말했는데 현명한 친구들은 "옛날엔 그렇게 말하면 살림이 빈곤해졌다는 뜻으로 알아듣는다."고 바로잡아주었다.

예전엔 남편의 사망으로 생활이 달라진 여자들 이야기가 많았다. 남편이 죽고 전에 누리던 생활 수준을 계속 누릴 수 없게 된 아내 이야기도 많지만, 극단적인 경우를 말하면 개중에는 남편을 몰래 죽이고 받은 보험금으로 갑자기 풍요로운 생활을 하게 된 아내도 분명 있었다. 어쨌든 배우자의 죽음으로 갑자기 삶의 수준이 떨어지거나 높아지는 것은 그 전 생활이 무리가 있었다는 증거다. 나는 생활이 어려워지든 나아지든 부자연스럽다고 생각한다. 그리고 내가 예전과 변함없이 생활하는 것을 남편도 바랄 거라 믿는다.

그는 입원 중에도 집에 오고 싶어했다. 눈에 익은 공간이 있기 때문이다. 2층에 있던 침실은 간병인에게 불편하기 때문에 나는 그의 침대를 계단 밑으로 옮겼는데 거기서 보이는 풍경이 남편에게 친숙해진 것이다. 그곳에는 여러 이유로 반 세기 이상 우리 집 벽을 장식해온 그림이 몇 개 걸려 있다.

한량인 사촌동생이 여자와 살려고 가출해 있는 동안 그의 취미인 골동품 매매를 하며 먹고 살았다. 그때 그가 에이시(에도 후기 풍속화가—역주)나 우타마로(에도 시대 풍속화가—역주)의 판화 몇 점을 내게 주었다.

시골 교회 탑 위로 호우를 예감케 하는 먹구름이 낮게 깔린 수채화는 내가 20대 때 남편과 미국 중부를 차로 횡단할 때 그림 속 교회 앞에서 그 지역 무명 화가로부터 산 것이다. 남편은 그런 어중간한 수준의 그림을 사는 것을 마땅찮게 여겼다. 하지만 내가 샀다. 그런 시골 마을을 지나가는 외국 손님은 일주일에 한 명 있을까 말까 할 텐데, 내가 그의 그림을 사지 않으면 그는 그림 도구도 사지 못하겠지 싶었다. 미국 국경을 넘어 멕시코 과테말라를 종단하던 중 우리는 거의 매일같이 타는 듯한 석양을 마주했다. 그림에 담겨 있는 것처럼 대낮에 어둡고 무거운 구름이 깔려 차 안에 있어도 마침내 목덜미를 타고 빗방울이 스밀 것 같은 느낌에 어깨를 움츠릴 정도로 소나기가 온다. 이 그림은 당시의 체험을 되살려준다.

그림이든 공예품이든 이곳에는 주로 내가 모은 수집품들이 있다. 세월이 흐르면 그림도 수집품들도 거기 사는 사람의 피부처럼 되어 아무도 특별히 보지 않는다.

남편은 이 공간에 안주하고 싶어했다. 멋진 것은 이 방에 남녘의 해가 길게 들이치는 것과 이것저것 뒤섞인 정원 풍경이다. 창문 바로 아래 예쁘지 않은 벽돌로 만든 한 평 남짓한 밭이 있다. 그런 짓을 한 것은 물론 나다. 처음에는 꽃을 심으려고 했지만 늘 채소가 자라고 있다. 남편이 떠나갈 무렵 거기엔 파와 로메인상추 등 억척스럽게 자란 샐러드용 채소가 자라나 있었다. 상식적으로 보자면 꽃을 심어야 할 자리에 채소를 심어둔 것이다.

남편은 정원 풍경이 점차 채소밭이 되어가는 것에 불평한 적은 없었다. 아무리 시시한 그림이 걸려 있든 정원이 어느새 밭으로 변해가든 그게 우리 집이었다.

그가 죽은 후 내가 바란 것은 전과 같은 생활을 해나가는 것이었다. 죽은 이가 저승에서 현세를 보고 있다고는 생각지 않지만, 행여 본다면 자기가 늘 봐왔던 시절과 똑같은 생활이 오늘이고 내일이고 반복되는 것이 안심될 것이다.

인간은 길게 살아봤자 100년이다. 아니 10세, 30세, 50세에 인생을 마감한 사람이 보면 100세는 영원처럼 긴 세월일 것이다. 허나 100년을 산 사람도 처음부터 100살 먹고 태어나 산 것이 아니다. 누구나 해를 거듭할 때마다 하루하루를 새로 창조해간다. 그러니 역사적으로 보아도 죽기 직전에 본 자신의 생활이 가장 그 사람에게 익숙하고 안정된 광경일 것이다.

그래서 나는 남편 생전의 생활을 그대로 유지할 것을 약간은 고집한 면이 있다. '약간은 고집'이라는 일본어 표현은 부정확한 점이 있다. 그러나 이러한 애매함이 사실 나의 본질이다. 취향은 있지만 뭐든 너무 강하게 주장하면 역학적으로 주위에 폐를 끼치게 된다. 그래서 조금 말해보고 안 되면 꼬리를 내리는 것이 나의 방식이었다. 하지만 나는 늘 신이 있다는 것만큼은 믿었기 때문에 나의 내면을 꿰뚫어보시는 신에게 거짓말은 하고 싶진 않았다. 신을 배신할 때는 "지금부터 당신을 배신하겠습니다." 하고 밝히는 게 낫다.

"변함 없으세요."라든가 "건강히 지내시는 것 같아 안심했습니다." 하고 남편 사후 말하는 사람이 있으면 나는 솔직히 속이 복잡해졌다. 남편이 이 세상에서 사라진 것에 아무 상처도 받지 않은 것처럼 보였나? 나는 남들 앞에서 끝까지 격식을 차리는 데 성공한 걸까. 아니면 그저 다른 사람보다 둔감한 걸까.

아무튼 나는 남편을 위해 가능한 한 그 전 생활과 다름없이 살기로 선택했다.

남편이 주고 간 선물 I

남편이 떠나자, 우리 집이 확실히 달라졌다. 가장 눈에 띈 것은 간호용 침대다. 나는 1년이든 3년이든 5년이든 남편이 집에서 요양할 것으로 생각했기 때문에 전동 침대를 주문했다. 공교롭게도 그 침대는 남편이 마지막 입원하는 날 도착했다. 그래도 나는 남편이 퇴원하면 바로 필요한 것이니 일찍 도착해서 다행이라고 생각했다. 남편이 죽고 포장만 뜯은 새 침대는 주인 없는 방 가운데 덩그러니 놓여 있었다. 온 집안이 텅 비어 보일 정도로 정리했다고 떠벌인 데 비해 이 침대의 존재는 뭐라 표현할 길 없는 엇박자가 되었다. 하지만 나는 그 침대를 버릴 방법도, 2층으로 가져가 내가 쓸 방도도 떠올리지 못했다.

예전에 '미망인'(린 케인 저, 우리나라에는 《혼자 사는 여자》

로 출간—역주)이라는 책을 번역한 적이 있다. 내용은 거의 기억나지 않는다. 어렴풋이 기억나는 것은 영어로 'widow'라는 단어가 산스크리트어의 '텅 빈'이란 말에서 나온 단어라는 것과 배우자가 죽은 후 1~2년 안에는 집안을 바꾸면 안 된다는 충고가 적혀 있었던 부분이다. 실제로는 배우자 사망 직후 그간의 피로를 풀기에도 모자란 기간인데도 사람들은 왠지 집을 부분적으로 개축한다거나 가구 처리나 교환 등 돈과 체력을 요하는 변화를 감행하는 경우가 많다.

바꾸면 안 된다는 원칙을 기억하고는 있지만 사용할 사람도 없는 새 침대를 바라보고 있는 것은 참으로 아이러니한 기분이 아닐 수 없었다. 원래 나는 큰 가구를 사는 것에는 공포에 가까운 저항을 느끼기 때문에 최근에는 새 가구를 산 게 하나도 없다.

큼지막한 요양 침대를 어떻게 정리하면 좋을지 얼른 생각나지 않았다. 옛날 같으면 열 평 이상 되는 공간이 있으면 때로 춤을 췄다는 이야기가 나와 그 시절을 아는 사람들끼리 웃은 적이 있다. '축음기'라는 기계를 사용하던 집이 많았던 시절 이야기다. 내 주위에는 춤을 좋아하는 사람들이 많았다. 포크댄스부터 왈츠, 탱고까지 정식으로 배우는 사람도 있었다. 그 무렵 지금 남편 방 정도만한 공간이 있었다면 사람들은 불나방처럼 모여 댄스 파티를 열었을 것이다. 그런데 60년이 흘러 그런 공간을 점거한 것이 주인 잃은 최신식 요양 침대라니….

하지만 변화는 항상 당사자가 예상치 못한 방향으로 일어난다. 남편을 곁에서 돌볼 때 나의 가장 큰 방해꾼은 등과 다리의 통증이었다. 그것은 간호에서 해방되어서도 딱히 좋아지지 않았다. 허나 격통까지는 아니었다. 그날 그날 아픈 부위가 다르고 자기 전에 의식이 되는 정도의 통증이라면 나는 병이나 고장이라고 생각하지 않기로 했다. 그렇게 된 이유일지도 모른다고 생각되는 것이 있는데 첫 번째가 쇼그렌증후군, 두 번째가 척추관협착증으로 둘다 나의 그림자와도 같은 지병이다.

나의 여생에 이 정도의 '희극적으로 인간적' 이라고 할 만한 고장만이 남아 글을 쓰고 싶으면 쓰고, 게으름 피우고 싶으면 게으름 피면서 살 수 있는 상태이다.

하지만 얼마 지나지 않아 내 등의 통증 치료법을 알게 되었다. 그것은 블록 주사라는 척추 주위와 부근 근육을 마취시키는 요법이다. 남편을 왕진해주신 고바야시 노리유키 선생님은 마취과 전문의로 내 척추도 봐주시게 되었다. 그때 이 침대가 의외로 도움이 되었다. 주사용으로 높이 조절이 되는 침대 같은 게 일반 가정집에서는 보기 힘든데 말이다.

'상황의 흐름' 이라는 것은 참 재밌는 표현이다. 흐름을 만드는 것은 사람이 아니다. 이런 경우 흔히들 죽은 이가 남은 가족을 걱정해서 남기고 갔다는 식으로 이야기하는 사람도 있지만 나는 그렇게 생각하지 않는다. 그저 새 방에는 새로운 사용처가 있다는 것에 감동했다. 새 부대에 담는 것은 새 술만이 아니다.

나는 자주 "우리 집 물건을 모두 유효 적절하게 사용하고 있다."고 당당히 말할 때가 있는데 요양 침대도 딱 그 말대로 됐지만, 이건 내가 생각지도 못한 일이다.

몇 가지를 스스로에게 금지시켰다

남편이 떠난 후에도 떠나기 전과 변함 없는 생활을 하려고 한다지만, 그의 요양 기간을 더해 약 1년하고도 몇 개월을 거의 집 안에 틀어박혀 지내다보니 어려운 점이 있다.

그 전 생활로 돌아오니 사람들을 만날 기회도 늘어났는데 현실적으로는 남들에게 말못할 사정이 생겼다. 장롱 안은 그대로인데 외출복으로 무엇을 입어야 할지 얼른 떠오르지 않는다. 스타킹을 신는 것도 귀찮아졌다. 목적지인 빌딩에 들어서면 게시판을 보고 미팅 장소를 확인하는 거라든가 엘리베이터 버튼을 누르는 거라든가 그런 자잘한 일들에 임하는 반응이 늦어졌다. 길을 걷는 거 자체도 힘들어졌다. 걷다가 방향을 틀 때 발이 제대로 돌아가지 않는다. 나는 내 정신적 반응까지 변질된 건 아닐까 조금 걱정스러웠다. 여기서 말한 반응은 외적인 부분이 아니다. 이를테면 회의 중에 머리를 스치고 지나가는 '망상' 의 파도 같은 것을 잃어버린 건 아닐까 걱정했다. 그것을 잃었다고 해서 큰 문제는 아니지만, 나로서는 '나다움' 이 조금씩 퇴색된 것이라 생각했기 때문이다.

최근 참석한 회의에서 올림픽이 화제에 올랐다. 여기서 한 회원이 본래의 올림픽 정신을 회복해야한다고 말했다.

옛날 올림픽의 원점으로 돌아가라는 말이 나왔을 때, 나는 속으로 나다운 일탈 부분이 남아 있음을 느꼈다. 올림픽 정신의 원점으로 돌아가라고 한다면, 발언자는 올림픽의 원래 스타일대로 참가자들이 모두 전라 상태로 경기를 하고, 여성은 대회장에 입장하지 못하도록 할 것인가? 하는 생각이 퍼뜩 들었기 때문이다. 그러면 새로운 성 차별, 계급 차별이 일어날 텐데…. 그러나 당연히 양식 있는 발언자는 그러한 것들은 언급하지 않았다. 발언자가 꺼낸 원점으로 돌아가란 말은 원래 올림픽 정신 가운데 아직도 살아 있는 부분을 재조명할 필요가 있다는 뜻이었다. 이런 반응은 나의 망상 부분이고 애당초 말을 꺼낼 생각은 없었지만 퍼뜩 여기까지 망상이 펼쳐지는 버릇이 나다운 것이다. 이것이 남편의 죽음으로 사라진다면 나는 변질되어버린 게 된다.

부연하면, 시대에 따라서는 올림픽 기간 전후로 몇 개월의 휴전 기간도 있었다. 그리하여 출전 선수들이 올림피아 대회장까지 수백 킬로나 되는 길을 무사히 당도할 수 있었다. 스포츠 제전은 확실히 평화롭지 않으면 개최할 수 없다. 사실 살인을 주제로 한 추리 소설은 전장의 참호 속에서는 읽히지 않는다. 살인과 같은 살벌한 현장이 바로 눈앞에 펼쳐지기 때문이다. 마찬가지로 상대와 겨루어 승리하는 것을 목표로 한 스포츠도 평화로운 시대에만 치러진다. 전쟁이 예상될 때 제일 먼저 중단되는 것이 올림픽이다.

남편이 떠난 후 현 생활 속에서 내가 자제하고 있는 것은 분명히 있다. 나는 나의 심리가 소형급 눈사태마냥 외부에 영향을 미치는 것을 우려했다. 나는 밤에 친구들에게 전화하는 것을 스스로에게 금지시켰다. 외로움을 달래려 전화를 걸고 싶은 것은 아니지만, 사실 남편이 죽은 후 나는 너무나 시간이 많아져서 놀라는 참이다.

그때까지 나는 너무 바빠서 늘 '짬을 내어' 남편 수발을 든다고 생각했다. 다른 부인들처럼 남편의 손과 발이 되어 하루 종일 매달릴 수는 없다. 원고 마감이 다가오면 그쪽 일이 우선이다. 헌데 환자를 돌보는 일이 없어지자 믿을 수 없을 정도로 시간이 많아졌다. 원고를 얼마든지 쓸 수 있다. 다시 말해서 이유야 어찌됐든 나는 '한가해졌다'. 그러니 밤의 무료한 시간에 친구에게 전화하기를 떠올릴 수도 있는 것이다. 나는 생각했다. 물론 내 친구도 내가 외로울 거라 생각해 상대를 해줄 테지만 그런 식의 어찌 보면 이기적인 시간 때우기는 왠지 어린애들 짓 같았다.

나는 밤 시간을 독서로 메우는 패턴으로 돌아왔다. 별로 계획적이라고는 할 수 없지만, 그저 손에 잡히는 대로 읽었다. 주간지부터 신학 잡지까지 읽을 거리가 있다는 게 행복이었다. 잡지는 세상 모든 일이 쓰여 있어서 잡지이고, 신학은 그 대척점에 있다. 이것이야말로 정신의 균형을 유지하는 데 딱 좋은 상태라 생각되었다.

또 하나, 남편이 떠난 후 내가 내게 금지시킨 것은 음주였다. 나는 평소에도 술을 거의 마시지 않지만 맛난 일식이 나오면 일본 전통주를 조금 곁들이고 싶을 때가 있다. 혼자 있으면 해지고 난 후 술 한 잔 하는 것도 자유로워진다. 하지만 지인 중에 배우자를 먼저 보내고 알콜 중독까지는 아니더라도 술버릇이 든 여자들이 몇 있다. 저녁에 부엌에 홀로 있다보면 술병을 잡게 되는 것이 계기였다고. 그대로 홀짝홀짝 몇 잔을 들이켜든 말든 아무도 뭐라 할 사람이 없으니 몇 시간이고 내내 마시게 되더라고.

나는 스스로 의지가 약한 부분이 있다는 걸 알기에 술만큼은 마시지 않기로 한 것이다. 이삼 년 지나 그래도 마시고 싶은 생각이 들면 마시기로. 내 나이가 되면 술 마시고 언제 죽어도 상관없지만 그러기 전에 뇌혈관 문제라도 일으키게 되는 것이 두려웠다. 남에게 최대한 폐 끼치지 않고 지내는 게 노인의 의무라 생각한다.

7. 좋은 추억으로

두 번밖에 두드리지 않았어

남편 사후 다른 사람들은 내게 몇 차례 "참 큰일 겪으셨지요." 라는 종류의 말을 걸어왔다. "뭐가요?" 하고 불쑥 되물은 것은 큰 일이랄 게 없었기 때문이다. 사람들은 쇼나노카(初七日, 고인 사후 첫 일주일—역주)부터 49제까지 매주 법요를 올리는 불교의 관례를 우리 집도 한다고 생각했기 때문인지도 모르겠다. 하지만 우리 집은 가톨릭이고 나는 남편의 영혼이 구천을 떠돌고 있다고는 생각지 않는다.

며칠 전 어떤 잡지를 봤더니 멋진 거실 응접실 선반에 뼈를 올려둔 집 사진이 있었다. 어떤 분이 사망했는지는 모르겠다. 망자가 "당분간 내 뼈는 우리 집에 보관해줘." 라고 유언을 남긴 사례도 들었기 때문에 이것도 그런 경우인가 했지만, 나는 남편의 뼈를 상식적인 기일이 지난 후 묘에 묻기로 했다. 이것도 남편이 살아 있었으면 뭐라 했을까 생각한 뒤 내린 결론이다.

죽은 이가 자신의 뼈를 어찌하라고 주문했을 리 만무하지만, 남편이라면 했을 법한 대답을 나는 알 것 같았다. 그것은 "사람은 누구나 때에 따라 자기가 있어야 할 장소에 있는 게 좋다."는 대답이었다. 우리 집에는 이미 미우라 반도의 바닷가 집에서 그리 멀지 않은 곳에 묫자리를 마련했기 때문에 그곳에 이장하기로 했다.

내 사정에 맞춰 결정한 이장 날에 아들 내외도 오기로 했는데, 날짜를 세어보니 49제를 일주일 정도 넘긴 날이었다.

그때까지 나는 남편의 방에 뼈를 두고 조석으로 인사를 했다. 그저 간단히 '안녕', '잘 자'라는 인사였다. 자기 전엔 뼈가 든 상자를 세 번 가볍게 두드렸다.

어느 날 밤 나는 얼른 상자를 두드리고 돌아서려는데 뭔가 찜찜한 기분이 들어 사진을 보며 "왜?" 하고 물었더니 "두 번밖에 두드리지 않았어." 하는 남편의 목소리가 들렸다. 나는 좀 어처구니가 없었지만 가까이 다가가 정확히 뼈 상자를 세 번 두드리자 사진 속 남편은 잠자코 있었다.

그러나 사람들이 말하는 "큰일 겪으셨지요."는 유산 상속 문제일 수도 있었다. 우리 집의 경우 약간의 재산이랄 수 있는 것도 각자의 명의로 되어 있었다. 그것은 엄정한 일본 세무서 덕에 부부라도 본인이 번 것 이상으로 자기 명의의 재산을 늘릴 수 없도록 예전부터 제도가 정해져 있었기 때문이다.

따라서 남편 명의로 된 것만 나와 다른 상속자가 양도받으면 되는데 거기에 번거로운 요소는 없었다. 생전에도 남편은 원리원칙주의자로 뭐든 '법대로' 하는 걸 좋아했다. 세금 문제도 원래 내야 할 것에서 더 낼 일은 없으니 정직하게 신고해서 부과되는 대로 내자는 쪽이었다. 남편의 해석은 숫자에 약한 나도 이해하기 쉬운 것이었다.

납골하는 날에는 전날 밤부터 뼈를 들고 미우라 반도 집으로 이동했다. 장례 미사를 올려주신 구라하시 신부님이 전날 밤부터 함께 밤을 새워주시고, 남편의 사촌도 있었다. 집에서 미사를 드린 후 우리는 차로 20분 정도 떨어진 묘지로 갔다.

우리 집 가족묘에는 가문에 대한 표지는 없다. 작은 묘석의 앞뒤로 "신께 감사드립니다." "우리의 죄를 사하여주시옵소서."라는 의미의 라틴어가 부조되어 있다.

그 묘는 이미 우리의 미래의 집이었다. 남편과 나는 묫자리를 만들 때 거기에 우리 두 사람의 친척이 되는 모든 이들을 함께 모실 생각이었다. 이미 시부모님, 나의 친정어머니, 남편의 사촌과 그 아버지의 뼈도 들어 있다. 모두 그러길 바랐던 분들이다. 그래서 거기 새겨진 '성'은 세 개였다. 이들은 모두 가족이다. 이런 방식은 일본의 전통적 가족 중심 가족묘에서는 있을 수 없는 것이다. 나는 시부모님, 나의 친정어머니와 함께 살았기 때문에 사후에도 계속 가족으로 함께 하고 싶었으니까.

묘석 만드는 곳에서 봉분 앞의 묘석을 치우고 기다려주어 나는 다시 한 번 안을 들여다보았다. 이미 여섯 분의 뼈 상자를 넣었다고 들었는데 그대로였다. 나는 내가 누울 공간을 가만히 보았다.

“일곱 번째 사람이 죽으면 어떻게 되나요?” 하고 내가 물은 적이 있다. 그러자 “봉분 밑은 흙이기 때문에 가장 오래된 사자의 뼈부터 대지로 돌아가 그 자리가 비게 됩니다.”라는 것이었다. 좋은 제도이다.

아들이 밝은 목소리로 신부님과 잡담을 하고 있다.

“신부님, 이 경사면은 몇 백 년 지나면 분명 무너져서 평지가 될 거예요.”

남편은 태평한 시대를 살다 죽었다

가족의 일원을 잃은 후 그 공허함이 어디서 오는지는 사람마다 다를 것이다.

나의 지인 중에는 아내를 불면 날아갈세라 소중하게 모시고 사는 사람이 있는데, 부인은 기차를 탈 때 차표 사는 법도 잘 몰랐다. 우선 목적지까지의 운임을 확인하고 발매기에 돈을 넣는 행위를 한 적이 없다. 나는 조금 부럽기도 했지만, 나중에 생각하니 혹시라도 남편이 부인보다 앞서 가기라도 하면 큰일이겠다 싶었다.

여성만 그런 게 아니라 집안일을 전혀 해보지 않은 남편이 아내를 먼저 떠나보내면 이 또한 보통 일이 아니다. 내 또래는 말할 것도 없고, 연하의 남성들 중에도 차 한 잔 제 손으로 타본 적이 없다고 하는 이가 있다. 자식 없이 사는 부부다. 이 남성이 혼자 남겨지면 한 겨울 자기 손으로 인스턴트 라면 하나 끓이지 못한다. 비참함과 외로움이 한꺼번에 닥칠 것이다. 그런 사람들 중에 아내가 떠난 후 곧바로 죽은 사람도 있다. 자살은 아니지만 뒤를 따라갔다고밖에 생각할 수 없을 정도의 시간차다.

자기가 죽은 후 남겨진 아내나 남편이 곧 따라와주었으면 좋겠다고 하는 것은 이승의 미련을 다음 생으로 넘기는 것이지만, 그다지 유효하진 않다. 한편 큰 부담이었던 배우자가 없어져서 생기를 되찾고 회춘한 듯 보이는 '남겨진 사람'도 있다. 이것이 소위 '해피 위도우(happy widow)'다.

생각해보면 긴 세월 같이 살면서 큰 부담이 되어왔던 배우자라면, 그가 죽은 후 중압감이 벗어나 행복해진다. 그러나 동거할 때 충분히 행복했던 부부라면 혼자 남겨진 쪽은 하루하루 외로움뿐이다. 그것도 생각해보면 평등한 운명의 배분법이다. 행복을 먼저 취할지, 나중에 취할지 차이인지도 모르겠다.

시간은 쉼 없이 흘러 모든 이의 몸에 노화가 진행된다. 상대를 간호하기 시작했을 무렵엔 괜찮았는데 차츰 시간이 흐를수록 간병인의 체력이 떨어져 도저히 계속할 수 없게 되는 사례도 많다.

남편은 매일 역전 책방까지 직접 가서 책을 사오는 게 낙이었다. 내가 가끔씩, "돈은 내고 왔지? 돈 내는 거 잊어버리고 그냥 가져오면 도둑질이야.” 하고 말하면 곧바로 책 가격을 말하고 바지 주머니에서 영수증을 꺼내 보여주었다.

배우자가 돈을 내지 않고 물건을 가져오는 것에 크게 염려하는 사람들도 많다. 고의가 아니라 계산대를 거치는 행위를 잊는 것이다. 어쨌든 물건을 훔친 행위이므로 가게 사람들은 붙잡는다. 하지만 그 횟수가 거듭되면 얼굴과 이름을 알고 그 사람의 상태도 알게 된다.

최근엔 그와 같은 일에 대비하는 집들도 많다고 한다. 그러니까 ‘우리 집에는 이런 타입의 인지증 고령자가 있으니 발견하시면 따로 계산서를 준비해주십시오. 먼저 1~2만 엔을 맡겨두겠습니다. 혹시 모자라면 전화해주십시오.’ 라는 식으로 준비하는 것이다.

앞으로도 이런 케어를 해야 하는 사람들은 점점 늘어날 거라 생각한다. 그러나 당사자가 마켓까지 가서 자기가 원하는 것, 배우자가 좋아할 만한 것을 사온다는 일상 생활은 중요한 것이니 가능한 계속하도록 할 필요가 있다. 그러니 이제부터 지하철 정기권 같은 것을 목에 걸어두면 개찰구를 통과하지 않아도 자동적으로 계산해주는 시스템이 설치되면 좋겠다.(실제로 이미 일부 설치 운영되고 있다고 들었다.)

나는 남편이 나보다 앞서 가 다행이라 생각한다. 그는 일본의 태평한 시대를 살다 태평한 시대에 죽었다. 그는 밥도 지을 줄 알고 국도 끓일 줄 안다. 하지만 나와 달리 이렇다 할 요리는 할 줄 모르니 나중에 혼자 남겨지면 실로 맛없는 밥을 먹게 되었을 것이다. 그러다 보면 자연히 외식에 의존하게 된다. 그것을 비참하다고 할 건 아니지만, 집밥이라는 것은 외식과는 전혀 다르다. 집밥을 먹어야 외식도 즐길 수 있다. 여행지에서 사흘 내리 도시락만 먹으면 식욕이 없어진다.

그런데 며칠 전 도시락 집 아들이라는 사람의 이야기를 읽었다. 그에게는 도시락이 집밥이었다. 그래서 그것에 불만을 느낀 적은 없었단다. 당연한 이야기다.

남편은 늘 깨끗한 옷을 입었다. 목욕도 하고 싶을 때 한다. 밤 수면을 방해받은 적도 없다. 그게 뭐 대수냐고 할 사람도 있겠지만 내 생각에 이 정도는 세계적 수준의 행복이다.

꽃을 돌보는 일

아는 이가 아플 때나 죽었을 때 우리는 꽃을 보낸다. 나는 어머니가 돌아가셨을 때 관 안에 당시 정원에 피어 있던 팬지 한 다발을 넣었다. 나는 우리 집에 핀 꽃을 올리는 것이 가장 내 마음을 담아 보내는 것처럼 느껴졌다.

꽃 선물을 받아도 아무런 감동을 받지 않는 사람이 있긴 하다. 그러나 나는 그렇지 않다. 별다를 것 없는 취향일지도 모르지만 늘 주변에 꽃이 있는 것이 좋다.

남편이 떠나고 호접란 화분을 몇 개 받았는데 나는 그것으로 남편 방을 장식했다. 그 방에 남편의 유해가 있었고 나중엔 뼈와 사진만 있었기 때문에 난방을 꺼두었다. 하지만 볕이 잘 들어 꽤 따뜻했을 텐데 그 난들은 내가 매일 물관리를 해주어 그런가 4개월을 버텼다. 호접란이 4개월 내내 꽃을 틔운다는 것을 나는 처음 알았다.

간호할 대상이 없어진 나는 얼핏 편해 보이겠지만, 갑자기 늘어난 시간과 빈 손을 어찌 해야 좋을지 몰랐다. 그럴 때 꽃을 돌보는 것이 상당히 마음에 안정을 주었다. 내 경우는 그랬는데 모든 사람이 같을 수는 없을 것이다.

장례 때 방문하는 사람마다 꽃을 들고와 곤란했다는 사람도 있을 것이다. 아내가 먼저 떠난 경우 망연자실한 남편은 당장 다음 날부터 제 손으로 살림을 해야 하는데 거기에 꽃까지 돌봐야 한다면 감당하기 어려울 것이다. 그래서 우리는 아내가 먼저 떠난 가정에는 꽃을 들고 가지 않는다.

나는 남편이 먼저 떠나고 알았다. 꽃은 죽은 이를 위해서가 아니라 남겨진 가족을 위한 것임을…. 왜냐하면 꽃은 살아서 돌봐줄 사람이 필요하기 때문이다.

여성은 기본적으로 남을 보살펴주고자 하는 속성이 있다는 말을 들으면 나는 반대하고 싶다. 나는 다른 이를 돌봐주는 일이라면 질색이다. 하지만 부모든 자식이든 배우자든 그리고 어쩌면 스쳐지나가는 미지의 사람이든 돌봐줄 사람이 나밖에 없다고 한다면 이건 좋고 싫고의 문제가 아니다. 그 이외의 선택지가 없는 인간관계란 게 있다.

그래서 나는 좋은 간병인은 될 수 없지만 마지막까지 가족의 곁을 지켜줄 수는 있다고 생각했다. 내 주변에는 그처럼 남을 나몰라라 하지 못하는 사람들이 많이 있다. 이성(異性)을 버리지 못하는 것이 아니다. 사람을 버리지 못하는 것이다.

어느 이탈리아인 신부는 수도자가 되려고 로마에서 신학을 공부했다. 그러나 신학교 동급생인 볼리비아인 신부의 부탁으로 그의 고향을 방문하고서 그의 운명이 바뀌었다.

가난한 볼리비아 시골 마을을 방문한 후 어느 날 그는 마을에서 한 소년을 만났다. 소년은 말기 결핵을 앓고 있었으며 혼자서는 서 있을 수 없을 정도로 쇠약했다. 이탈리아인 신부는 그를 자기 숙소로 데려와 본인의 침대에 뉘이고 자신은 바닥에서 잤다.

가난한 소년은 그 후 얼마 지나지 않아 숨을 거두었지만 이 소년과의 만남으로 이탈리아인 신부는 볼리비아에 남아 남은 생을 바칠 각오를 하고 청소년 교육 사업에 관여했다.

누구나 생명을 성장시키는 것을 기본적으로는 바람직하게 생각한다. 특히 가족을 잃어본 경험이 있는 사람들은 필사적으로 살려고 한다. 그것이 꽃을 돌보는 일도, 앞으로 어떻게 도움이 되는 삶을 살지 생각하는 계기도 될 것이다.

의외로 안정감 있는 생활이었다

남편이든 아내든 먼저 죽은 쪽은 반드시 뭔가를 남기고 간다. 편지나 일기, 사진도 있겠지만, 따뜻하게 먹는 식사 습관이라든지, 웃음 소리, 곁을 지날 때 남는 체취 등등.

물론 지금 그 사람이 여기 있다면…. 하고 생각나는 것 자체가 깊은 슬픔과 고통의 씨앗인 사례도 많다. 특히 부부 중 한쪽이 젊은 나이에 떠나간 경우는 갑자기 달라진 집안 공기를 견디지 못하는 가족도 많을 것이다.

내 나이가 되어도 남편이 떠난 후의 적막은 상상할 수 없었다. 남편은 별로 소란스러운 성격이 아니었다. 집에 있을 때는 대체로 책을 읽거나 컴퓨터를 보고 앉아 있었다. TV도 그닥 보지 않았다. 음악도 듣지 않는다. 친구를 집에 초대하는 일도 없다. 내 남편은 그저 석양처럼 조용한 사람이었다. 자신은 그것이 전혀 쓸쓸하지 않다고 했다. 혼자 있으면서 하고 싶은 것이 있고 마음의 양식인 독서도 많이 할 수 있어 '자족' 이라는 단어가 가장 그의 생을 잘 대변하는 말인 것 같다.

지금 생각해보면 나는 그가 시력을 잃은 뒤 긴 세월을 보내지 않고 간 것을 운명에 감사한다. 글을 읽지 못하는 상태로 살아야 한다면 남편의 나머지 생에서의 행복은 상당히 줄었을 것이다. 그리고 말이 난 김에 하는 말이지만 내가 자기보다 앞서 가지 않아서 다행이었을 것이다. 내가 없으면 남편은 하루 종일 따분하고 불편한 날들을 보냈을 것 같다. 남편과 내가 살던 집은 집안 일이 한쪽으로 쏠리긴 했지만 나름 안정적이었다. 63년을 한 지붕 밑에서 살았다. 더 말해 뭣하나 싶다.

그는 나에 대해 "우리 아주머니는 오늘 외출중입니다."와 같은 호칭을 쓰며 외부 사람들에게 말할 때도 있었다. 아들이 어릴 때는 남편도 나를 '엄마'라든가 '어머니'라는 호칭으로 부르던 시절도 있었지만, 나를 "여 봐" 하고 하대한 적은 없다. 언젠가 아들 친구가 놀러와서 나를 "아주머니" 하고 부르는 것을 듣고는 그게 편리한 호칭이라 생각했던지 그후 가끔 나를 '아주머니'라고 불렀다.

하긴 일반적으로 '아주머니' 라 불리는 사람들은 편리한 존재다. 집안일도 하고, 밥도 먹여준다. 그러면서 어머니만큼 잔소리는 하지 않는다.

최근 들어 나는 계속 열이 나 매일 반나절을 누워 지낸다. 너무 오랫동안 증상이 나아지지 않아 한참 등한시했던 엑스레이 촬영을 하고 혈액 검사도 했다. 하지만 원인은 밝혀지지 않았다. 매일 오후가 되면 37도 가까이 열이 나서 상태가 안 좋아진다.

전혀 자각하지 못했지만 모르긴 해도 지난 1년여, 남편 수발을 들면서 피곤도 했을 터이다. 그동안 나는 남편 돌보기를 무엇보다 우선했다. 한 사람의 인생에서 이것이 마지막 병이라 생각될 때에 그 사람 일을 가능한 우선시하는 것이 당연할 것이다. 그렇지 않으면 나는 아마 죽을 때까지 후회했을 것이다. 허나 나는 더 길게 1년, 3년, 5년 간병할 각오였기 때문에 오래 가기 위한 조건으로 매사 적당히 하라고 되뇌었다.

정말 가고 싶은 곳에 갈 체력도 남아 있지 않았지만 나는 외출을 하루 일과에 넣고 지금까지의 생활과 달라지지 않도록 일상을 보냈다.

일견 모순된 부분이지만 그래도 나는 남편이 그대로 죽을지는 몰랐다. 이런 갈팡질팡하는 심리 상태를 만약 재판정에서 증언하라고 하면 뭐라 하면 좋을까….

이리 뛰고 저리 뛰던 2년 좀 못 되는 세월 동안 나는 하나밖에 몰랐다고 하면 너무 듣기 좋게 말한 것이다. 나는 선택도, 다른 생각도 하지 않았다는 것이 정확한 표현일 것이다. 그것은 의외로 안정감 있는 생활이었다.

남편이 주고 간 선물II

돌아가신 나의 어머니는 오래 전에 외동딸이었던 세 살박이 내 언니를 폐렴으로 잃었다. 당시 나는 태어나기 전이었다. 나는 언니가 죽은 지 6년 만에 본 딸이다.

어머니의 말에 따르면 그 언니는 나보다 예쁘고 똑똑했으며 착해서 아버지가 매일 아침 출근할 때 꼭 현관까지 배웅을 하고 바닥에 손을 대곤 "잘 다녀오세요." 하거나, 아버지가 잊은 물건이 있으면 가져나오곤 했단다. 나에겐 그러한 귀염성과 애교는 일절 없지만, 언니가 뛰어나다는 말을 들어도 딱히 삐치거나 하지도 않았다.

그렇게 눈에 넣어도 아프지 않은 딸을 잃은 어머니의 마음은 어땠을까, 참으로 비통했을 것이다. 당시 아이들은 폐렴이나 대장염으로도 쉽게 죽던 시절이었다. 항생제가 없었기 때문이다.

더구나 이건 아주 사적인 이야기지만 나의 부모님은 사이가 좋지 않았기 때문에 언니는 어머니의 유일한 낙이었을 것이다. 그러니 더더욱 어머니는 세상을 다 잃은 심정이었을 거라 짐작한다. 어머니는 몇 십 년이 지나 겨우 당신의 속마음을 털어놓았다.

"세상이 다 무너져 없어진 거 같았지. 뭘 봐도 관심이 없고, 갖고 싶은 것도 없고. 그랬는데 한 달이 조금 지난 어느 날, 한 순간 퍼뜩 사야 할 게 생각난 거야. 사람은, 원치 않아도 잊게 마련인가 보다 했지."

당시 사야 할 것이 뭐였는지 어머니는 말하지 않았다. 허나 인간은 어떠한 고통도 잊는다, 뭐든 잊힌다는 것을 말하고 싶었을 것이다.

나는 남편의 생전 얼굴을 잊고 싶지 않다든가, 애용하던 안경을 늘 곁에 두고 싶다고 생각한 적은 없다. 나에게 중요한 것은 그의 영혼이었기 때문이다. 나는 남편의 시신이 마지막으로 집에 있던 날 밤에 그의 이마에 손을 얹어보았다. 그리고 인간의 온기라곤 남아 있지 않은 차가움을 느끼곤 납득했다. 혹시라도 남편이 산 채로 불태워지면 큰일이니, 내가 확실히 해두자 생각한 것이다.

하지만 그때도 나는 그의 얼굴을 보려고는 하지 않았다. 지금 내 앞에 있는 영정 사진은 남편이 가자마자 정신이 없을 때 비서와 내가 앨범 안에서 적당히 골라 장례 회사에 건넨 것이다. 하지만 의외로 나중에 잘 골랐단 말을 들었다.

"사진이 실물하고 아주 비슷해요." 하고 많은 사람들이 말했다. 미우라 슈몽이라는 사람은 말은 많지 않지만 대화의 내용을 즐기는 사람이었다. 가족이나 비서에게는 내게 장난을 잘 치고 말도 안 되는 이야깃거리를 붙여 말을 했다. 그 얼굴은 어찌 보면 어떤 장난을 칠까 궁리하는 표정이다.

남편은 말기에 자기는 먹지도 않으면서 자주 휠체어를 타고 식탁 앞에 나와 있었다. 그리고 비서나 내가 과자를 먹고 차 마시는 것을 시원찮은 표정으로 쳐다보다가 기어이 한마디 했다.

"다들 잘도 먹네. 오늘 먹은 것만 해도 엄청 쪘을 거야."

사람들이 다 먹기 전에 말하면 안 된다. 깐죽이는 것은 다 먹은 다음에 말해야 진가를 발휘한다. 그런 그의 얼굴이 매일 우리의 눈앞에 오롯 떠 있다.

세상엔 그 존재를 떠올리기만 해도 불쾌해지는 사람이 있다지만, 미우라 슈몽이라는 사람은 떠올리기만 해도 웃음이 나는 밝은 사람이었다. 이것은 실로 모두에게 다행스러운 일이다.

남편이 죽고 넉 달이 지났을 무렵 나는 그의 책 선반을 정리하다 고이 접혀 있는 12만 엔 지폐를 발견했다. 아마도 그건 갑자기 필요할 때 쓰려고 놔둔 비상금이었을 것이다.

우연히 그날 나는 미우라 반도의 바닷가 집에 갔다 돌아오는 길에 펫숍에서 아기고양이 한 마리를 보았다. 스코티시 폴드라는 종류인데, 혈통서까지 있다고 했다. 하지만 잡종이라고 해도 사람들은 '아 그래?' 하고 생각할 만큼 평범한 갈색에 귀가 앞으로 접힌 것이 색다른 고양이였다. 나는 남편의 비상금으로 그 아기고양이를 입양하기로 했다. 12만 엔으로는 좀 모자랐지만 그건 내 주머니돈으로 메꾸었다.

그런 경위로 우리 집에 온 그 아기고양이는 '나카스케'란 이름으로 나의 가족이 되었다.

"꼭 스코틀랜드에서 온 것같이 적혀 있지만, 이 아이는 이바라키 현 출생이에요." 하고 비서가 말했다. 펫숍에서 준 사진이 붙어 있는 '이력서'에는 출생지와 생일이 적혀 있었다. 나카스케는 고양이 사료를 먹더니 다음엔 물을 마시고, 그 다음엔 전용 화장실에 들어가 용변을 보았다. 나뿐만 아니라 함께 있던 몇몇이 순서 잘 지키는 어린 나카스케를 보고 웃었다.

그렇게 며칠이 지나면서 나는 남편의 마지막 비상금의 사용처로서 이것은 상당히 흥미진진한 즐거움이라고 생각했다. 추억은 이미 과거로 향하고 있다. 그러나 가족을 보낸 후 남은 사람들은 어떤 생각을 가슴에 품든 앞으로 걸어나가야 한다. 그것은 자유선택의 결과도 아니고 의무도 아니며 지구의 물리적인 역학 같은 느낌이다.

불과 650그램짜리 큰 쥐 정도밖에 안 되는 나카스케가 우리 집에서 그 나름의 의무를 수행해나가기 시작했다. 가족 중 누군가가 여행을 떠날 때 남은 사람들은 꼿꼿하게 서서 배웅해야만 할 것이다. 그 임무를 수행하는 데 이렇게 작은 나카스케도 한몫하고 있다.

옮긴이 후기

“전투의 마지막을 이 청명한 아침으로 정한 것은 신이었다. 그때 남편의 명은 깊은 수긍과 인정하에 신의 품에 들었다는 걸 나는 느낄 수 있었다.”

‘아쿠타가와의 재래’라는 평을 들으면서 등단한 작가 미우라 슈몽의 마지막 아침을 부인 소노 아야코는 위와 같이 묘사했다. 긴 인생의 막이 내리는 날 오열도, 탄식도, 미련도 없었다. 깊은 수긍과 인정이라는 말은 어쩌면 작가 자신의 마음이었는지도 모르겠다. 63년을 함께해온 생의 반려자가 이승을 떠나는 순간을 묘사한 단어는 신의 품, 청명한 아침, 해였다. 자신의 철학에 따라 할 수 있는 노력은 기꺼이 하고, 그 다음은 신에게 완전히 맡긴 사람의 받아들임이 아니고서는 나올 수 없는 해석이라 생각한다.

작가 미우라 슈몽은 우리나라에는 그다지 알려지지 않았지만, 일본에서는 작가로서 집필 활동 외에도 대학 강의, 제7대 문화청 장관, 일본예술원 원장 등을 역임해 문단뿐 아니라 사회적으로도 유명한 인물이었다. 그의 명성을 더욱 공고히 해준 이가 바로 부인 소노 아야코다. 그녀 또한 미우라 슈몽과 '제3의 신인(新人)'으로 뽑혀 촉망받는 작가로 등단했다. 젊은 시절(1950년대 초) 신인 작가로 만나 결혼 후 63년을 해로하며 마지막 순간까지 곁을 지켰던 아내가 남편과 함께한 후반생을 얼마나 지혜롭고 원만(?)하게 보냈는지, 그리하여 남편과 함께한 인생 후반부의 빛을 얼마나 따스하게 채색할 수 있었는지를 한 권에 담았다.

함께하던 시절 내내 농담과 아내에 대한 악담을 해왔던 남편이 80이 넘어서는 점차 말수가 줄면서 갑자기 쓰러져 얼굴에 멍이 드는 횟수가 잦아졌다. 그때까지 특별한 지병이 없었기에 원인을 알고자 입원한 일주일 사이 상태가 급속도로 안 좋아졌다. 아내는 남편을 집으로 데려가 그에게 익숙한 풍경 속에서 생을 마치게 해주겠다고 결심한다. 그 후 자발적으로 달라진 아내이자 작가인 소노 아야코의 배려는 노환 수발을 자처한 사람의 슬기로운 대처이자 자기를 잃지 않을 궁리이기도 했다.

예를 들어 첫째가 공간 확보다. 거동이 불편해진 남편이 휠체어로 이동할 수 있도록 초미니멀 라이프를 실현했다. 거실이고 방이고 바닥에 떨어진 물건이 없도록, 가구도 최대한 줄여 반드시 필요한 것만 벽에 붙여 공간을 넓혔다. 둘째는 문명의 이기 활용이다. 용변을 못 가리는 집안 어르신들(시부모님과 친정어머니를 모두 한 집에서 끝까지 모심)이 더럽힌 이부자리를 빨리빨리 불평 없이 해결하기 위해 (불평해봤자 상황이 달라질 것도 아니고 본인만 더 힘들 것을 알기에) 세탁기 두 대와 건조기를 설치했다. 뿐만 아니라 2층까지 무릎을 다치지 않고 이동할 수 있도록 체어리프트를 설치했다. 셋째는 틈틈이 자기 시간 확보하기다. 좋아하는 뮤지컬과 공연, 여행을 포기하지 않고 즐김으로써 기분전환을 해(본인은 농땡이라고 표현하지만) 간병 생활을 프로답게 할 수 있었다.

하지만 이와 같은 생활 속에서 작가가 가장 밀도 있는 시간이라 여겼던 순간은 잠들기 전 말없는 남편과 아니, 말이 없어진(귀가 어두워졌기 때문에) 남편과 단둘이 한 방에서 보내는 순간이었다. 약을 먹고 잠들기 전 남편의 숨소리를 들으며 원고를 다시 보고 책을 읽는다. 이 시간이 가장 편안하고 가장 '나' 다운 시간으로 돌아온 순간으로 작가는 기억한다.

60년 이상 함께한 부부에게 기억나는 대화, 기억나는 여행지, 함께 맛난 음식을 즐겼던 순간이 왜 없었겠냐마는 소노 아야코가 느낀 부부가 함께한 가장 농밀한 순간은 가장 익숙한 공간에서 가장 익숙한 모습으로 자신들이 제일 좋아하는 일을 하고 있던 찰나(돌이켜보면 그 모두가 찰나가 아니었을까)였다.

소노 아야코의 기존 작품을 접한 독자들이라면 쉬이 고개를 끄덕일 수 있을 것이다. 어떤 상황을 대할 때 감정적인 대응보다 이성과 지혜로 대처해온 그녀이기 때문에 아무도 피해갈 수 없는 우리의 숙명에 대해 선배로서 조언을 해주는 것 같기도 하다. 아니, 이 책의 컨셉은 간병기도 인생 선배의 조언도 아닌 꼿꼿한 작가의 아직 끝나지 않은 인생 모험기이자 탐험기이다.

사실 작가는 선천적 지병(자가면역질환의 하나인 쇼그렌증후군)을 갖고 있었으며 시부모님과 친정어머니까지 모시고 살며 집에서 세 분 장례를 다 치렀다. 건강체도 아니었던 여인의 몸으로 죽어도 글은 읽고 써야 하는 사명을 쥔 채 이 모든 것을 해내는 것이 힘들었겠지만 그녀의 일상은 전혀 그렇지 않았다. 본인의 취향과 취미, 일을 절대 고수하면서 의무와 도리를 다했다.

2011년 결혼 60주년을 앞두고 한 매체와의 인터뷰에서 남편 미우라 슈몽은 이렇게 말했다.

"나라는 사람을 잘 참아주었다고 생각해요. 나도 잘 참아온 것 같긴 하지만…."

한편 소노 아야코는 원만한 부부 생활의 비결에 대해 이렇게 말했다.

"가능한 한 부부끼리 너무 붙어 있으려고 하지 말아야 해요. 각자 좋아하는 장소나 좋아하는 것이 있을 테니 그것을 즐길 수 있게 서로 존중해줘야죠."

63년 동안의 부부 생활, 그리고 반려자가 자신의 생을 완수하도록 할 수 있었던 비결은, 아내와 남편 사이의 적당한 거리 유지, 상황 상황을 올곧이 받아들이면서 자신을 잃지 않는 중심 잡기가 아니었나 싶다.

죽는 날까지 평소처럼 살다가 그대로 떠나는 것이 최선의 완수라 소노 아야코는 생각했다.

남편은 먹지도 못할 꽃을 뭐하러 심냐며 퉁명스레 말했지만 늘 정원이 보이는 곳에 있었고 그 풍경을 보며 살았다. 남편이 편안해하는 장소와 상태를 잘 알았던 아내는 그를 그의 장소에 있게 하고 곁을 지켰고 다른 생각과 궁리는 일체 하지 않았다. 그녀에게는 그것이 안정적인 생활이었다. 그녀는 남편이 죽기 사흘 전에도 오페라를 보러 갔고 남편이 떠난 지 엿새 후에도 오페라를 보러 갔다. "당신이 오페라를 보러 안 간다고 내가 다시 살아올 것 같아?"라고 말하는 남편의 목소리가 들렸기 때문이다. 그것이 남편과 함께한 그녀의 생활이었으니 그대로 지킨 것이다.

최근 소노 아야코와 인터뷰를 하기 위해 자택을 찾은 한 매체의 기자는 서재 앞쪽엔 작가의 작품들이 안쪽엔 남편의 작품들이

꽂혀 있는 서고만 있고 그 외 물건들은 보이지 않았다고 적었다. 아마도 그 공간엔 물건들이 아니라 따뜻한 음식을 좋아했던 남편의 식사 모습, 그의 웃음 소리, 그의 불평 소리, 그의 체취들이 가득해 오늘도 그녀로 하여금 추억을 현재로 살게끔 하고 있지 않을까 싶다. 긴 세월을 헛되이 보내지 않았던 작가 소노 아야코는 운명을 깊이 수긍하고 인정하여 가장 사랑하는 옆지기를 보내는 순간도 빛으로 묘사할 수 있었겠지만, 독자로 한 권 한 권 경험한 나로서는 그저 작가의 홀로 생활이 외롭지 않기를, 허한 맘을 달래느라 힘들지 않기를 바라는 마음뿐이다.

정작 남편을 보내는 아내는 침착했지만 그 순간과 그 이후의 날들을 읽는 나는 중간중간 울컥거리는 마음을 속일 수 없었다. 아직도 받아들이는 자세가 덜된 탓이겠거니 생각하며 선생의 빛나는 지혜를 다시 접할 수 있기를 기대하며 마친다.

옮긴이 오유리

일본어 전문 번역가.
1969년 서울에서 태어나 성신여자대학교 일어일문학과를 졸업했다. 옮긴 책으로는 《긍정적으로 사는 즐거움》《도련님》《마음》《인간실격. 사양》《파크 라이프》《랜드마크》《워터》《일요일들》 등이 있다.

나다운 일상을 산다

1판 1쇄 인쇄 2019년 4월 15일
1판 1쇄 발행 2019년 4월 23일

지은이 소노 아야코
옮긴이 오유리
펴낸이 김현정
펴낸곳 책읽는고양이/ 도서출판리수

등록 제4-389호(2000년 1월 13일)
주소 서울시 성동구 행당로 76 110호
전화 2299-3703
팩스 2282-3152
홈페이지 www.risu.co.kr
이메일 risubook@hanmail.net

ISBN 979-11-86274-45-3 03830

※책값은 뒤표지에 있습니다.
※잘못 제본된 책은 바꾸어 드립니다.
※이 도서의 국립중앙도서관 출판시도서목록(CIP)은 서지정보유통지원시스템 홈페이지(http://seoji.nl.go.kr)와 국가자료공동목록시스템(http://www.nl.go.kr/kolisnet)에서 이용하실 수 있습니다.
(CIP제어번호 : CIP2019010548)